Escuadrón Guillotina

Otros libros de Guillermo Arriaga

EL BUFALO DE LA NOCHE
THE NIGHT BUFFALO

UN DULCE OLOR A MUERTE
A SWEET SCENT OF DEATH

Guillermo Arriaga

Escuadrón Guillotina

Novela

ATRIA BOOKS

New York London Toronto Sydney

ATRIA BOOKS

1230 Avenue of the Americas
New York, NY 10020

Publicado originalmente en México en 1991 por Planeta Mexicana, S.A. de C.V.

Library of Congress Cataloging-in-Publication Data

ISBN-13: 978-0-7432-9682-3

Primera edición en rústica de Atria Books, mayo 2007

10   9   8   7   6   5   4   3   2   1

ATRIA BOOKS es un sello original registrado de Simon & Schuster, Inc.

Impreso en los Estados Unidos de América

Para obtener información respecto a descuentos especiales en ventas al
por mayor, diríjase: *Simon & Schuster Special Sales* al 1-800-456-6798
o a la siguiente dirección electrónica: business@simonandschuster.com.

A Carlos y Amelia, con mi cariño de siempre

Escuadrón Guillotina

La batalla de Torreón fue una de las más difíciles y duras de cuantas libró la División del Norte. Después de la toma de la ciudad, el general Francisco Villa decidió situar el campamento en un llano próximo, justo en medio de un macizo de sauces cuyas sombras resguardaban del sol inclemente a los guerrilleros. Hasta ese lugar llegaban a diario un sinnúmero de comerciantes que iban a ofrecer sus productos a los revolucionarios. Pululaban los vendedores por entre la tropa, y aquello, más que parecer una guarnición militar, parecía un tianguis dominical.

El general, como era su costumbre, atendía sus asuntos lejos del bullicio, acompañado únicamente de sus hombres de más confianza y protegido por los más temibles miembros de su escolta privada. Despachaba Villa algunas cuestiones bélicas con el coronel Santiago Rojas cuando llegó el sargento Teodomiro Ortiz a decirle que lo buscaba un comerciante, un tipo muy catrín que insistía en verlo. El general ya estaba harto de tratar con vendedores; tan sólo esa mañana había tenido que lidiar con tres: uno que le quería vender bicicletas y que afirmaba que era más eficiente una carga ciclista que una carga de caballería; el segundo le ofreció armaduras españolas y el tercero traía en venta sombreros charros ribeteados en hilo de oro y plata. Fastidiado, Villa los había corrido del lugar, no sin antes advertirles que les rellenaría la barriga con plomo si no se largaban de inmediato. Villa miró a Ortiz:

—Dile que no estoy para recibir a nadie —le dijo.

—Ya se lo dije cien veces mi general, pero está necio en que quiere verlo. Dice que trae algo muy importante que enseñarle y que a usted le va a interesar.

El general Villa se quedó pensativo unos instantes y con los ojos le ordenó a Ortiz que trajera al comerciante.

Salió el sargento a buscarlo y regresó a los pocos minutos. Venía con él un hombre chaparro, calvo, bien vestido y muy perfumado. Con propiedad saludó:

—Buenas tardes general Villa. Buenas tardes coronel Rojas. Soy el licenciado en Derecho, Feliciano Velasco y Borbolla de la Fuente a sus órdenes —y extendió su mano hacia Villa, pero Villa sólo lo miró. El hombrecito no supo qué hacer. Retiró lentamente su mano, se limpió el sudor de la frente con la manga de su saco, tragó saliva y sonrió.

—General Villa —dijo parsimonioso— he venido a usted a mostrarle un invento formidable que será de gran provecho para la Revolución. Con este invento, señor general, tenga la seguridad de que creará terror entre las tropas enemigas. Cualquiera que se atreva a enfrentar a la División del Norte lo pensará dos veces.

—Ya lo piensan dos veces —terció enérgico el sargento Ortiz.

El licenciado se quedó callado y sólo atinó a sonreír estúpidamente. Respiró y continuó con su perorata:

—Tiene usted toda la razón, pero este invento sirve como ayuda para ajusticiar a los prisioneros sin necesidad de andar gastando parque, el cual, como ustedes saben, está rete escaso y no vale la pena desperdiciarlo en otros menesteres que no sean los de la guerra misma... Con este aparato que traigo ya no se precisa fusilar al enemigo...

—Si por eso mismo los ahorcamos... —interrumpió de nuevo el sargento Ortiz.

—Sí, lo sé —dijo el chaparro— ¿pero qué hacen cuando no encuentran un palo alto?

—Pos los quemamos vivos o los agarramos a machetazos... eso es lo de menos —le contestó el coronel Rojas.

—Pero mire mi coronel —continuó Velasco— con este invento que les vengo a mostrar se ejecuta a los prisioneros sin la menor preocupación. ¿Por qué no vienen a verlo y si quieren lo probamos?

Los llevó el hombre aquél hasta un carromato en donde lo esperaban sus ayudantes: uno, un tipo alto y desgarbado, de nariz grande y ojos sumidos pero vivaces, y el otro un mocetón de estatura regular, cachetes abultados y cabeza grande. El licenciado Velasco solicitó a sus invitados que aguardaran unos minutos y dio una orden sonora:

—¡Ármenla!

Los asistentes, presurosos, se dedicaron a armar el aparato. Sacaron vigas, cuerdas, poleas, clavos, martillo, soleras. Con rapidez montaron una estructura en cuya parte superior se encontraba colocada una plancha de hierro.

El licenciado Velasco caminaba de un lado a otro, nervioso, frotándose continuamente las manos. Una vez que todo estuvo listo se detuvo frente al general y sus acompañantes y empezó a hablar.

—Esto, señores, se llama... guillotina. Es un instrumento extraordinario, capaz de segar la vida en un instante.

El hombrecillo miró sonriente a Villa y caminó hacia el aparato. Tomó en sus manos un cordón que remataba en una polea y jaló. Desde arriba se desprendió la enorme plancha metálica produciendo en su caída un golpe seco y fuerte. El general y sus compañeros se quedaron asombrados. El comerciante alzó los brazos como si hubiese terminado un acto de magia. Hizo que uno de sus ayudantes volviera a alzar la cuchilla, fue por un leño grueso y pesado, lo metió en la base del aparato y tiró de nuevo del cordón. El leño salió partido en dos con tal facilidad que parecía que lo que se hubiese partido fuera una ramita.

—¿Para qué sirve eso? —le preguntó pasmado el coronel Rojas, sin entender del todo en qué podía utilizarse el mentado aparato.

—Ahhh —exclamó el hombrecito— eso me gustaría demos-

3

trárselo, claro, siempre y cuando nos lo permita mi general Villa ¿es eso posible?

Villa asintió.

—Pero para ello requiero de algunos prisioneros de los que usted haya dispuesto ajusticiar. Necesito de unos cuantos... ¿Podríamos traer algunos mi general?

Villa, con una seña de su mano, mandó a Ortiz por ellos.

—Este invento —continuó el comerciante— sirvió de mucho en la Revolución francesa, la cual se realizó hace casi dos siglos y por ello he pensado que puede ser de gran utilidad en esta Revolución que es la nuestra —dijo enfatizando la palabra «nuestra».

El general Villa miró con recelo al catrín: no le inspiraba mucha confianza, pero se quedó callado.

El sargento Ortiz llegó con los presos. Los traía de todo tipo: gordos, flacos, altos, bajitos. Se cuadró ante Villa.

—Orden cumplida mi general.

Los prisioneros, ignorantes de lo que les iba a suceder, pero con la certeza de que pronto llegaría su hora final, se amontonaban entre sí como se amontonan las reses en los mataderos. El general revisó con detenimiento a los cautivos, uno por uno, de arriba abajo. Clavó sus ojos en uno alto y flaco.

—Ése —dijo señalándolo con la cabeza.

—Muy bien —dijo el hombrecillo y ordenó a sus ayudantes ir por él. El tipo alto y flaco no supo qué hacer y se dejó llevar mansamente hasta la guillotina. Los asistentes lo obligaron a arrodillarse y colocaron su cabeza en una cuenca redonda que se encontraba en la base del aparato. La gente, que empezaba a notar que algo extraño sucedía, rodeó el lugar, silenciosa. Villa, impaciente, esperaba con los brazos cruzados.

Terminados los preparativos, Velasco ofreció al general tirar del cordón. Villa caminó con lentitud y tomó la cuerda que le ofrecían ansiosas las manos del licenciado.

—Ahora jale general.

Villa accionó el mecanismo y la cuchilla cayó instantáneamente sobre el cuello del condenado, cortándole la cabeza de tajo. Una mujer de entre el público gritó con horror y se desmayó. El hombrecito sonrió feliz por la demostración de suma eficacia de su aparato. Villa, por su parte, contemplaba absorto los últimos estertores del cuerpo decapitado.

Los demás prisioneros, sobrecogidos por el terror, miraron paralizados el macabro espectáculo que les tocaba continuar. Con los ojos desorbitados y el rostro demudado imploraban al cielo para no ser los próximos.

Villa, todo él salpicado de sangre, parecía no creer lo que veía. Sin embargo en su mirada se reflejaba ese peculiar brillo que poseían sus pupilas cuando algo le agradaba de verdad. El licenciado Velasco, a sabiendas de su éxito, se puso enfrente del general y empezó a hablar como merolico:

—Como uuustedes haabraaán poodiidoo nootaar, la guiiillootiina teerminó ráapidaamente coon laa existeenciiaa de este individuooo...

—señaló el cuerpo descabezado de la víctima que temblaba ligeramente y continuó—, loo haa heecho de taal maaneera que cauusa eentree loos demaaás uun sentiimieento de mieedoo y respeetoo...

Un verdadero tumulto se había formado alrededor de la escena. La mayoría miraba consternada. Villa, con notorio interés, preguntó.

—¿Y cuánto le dura el filo a la hoja?

—Para miles de ejecuciones mi general —contestó el chaparro—. Este producto está absolutamente garantizado. Si quiere lo probamos de nuevo.

Villa asintió.

Los presos, que habían escuchado la conversación, se arremolinaron entre sí para no hacerse notar, tratando de esconderse unos detrás de los otros. La gente, expectante, aguardaba la designación del siguiente condenado. Tocó su turno a un prisionero moreno de cabello chino.

Los asistentes fueron por él, pero el moreno se resistió, pidiendo clemencia a gritos:

—Mejor fusílenme, mátenme a balazos, pero así no —gimió desaforado.

Fue necesario que varios soldados ayudaran a llevarlo al cadalso. Sin embargo, el preso se alzaba con fuerza y sacaba su cabeza de la cuenca cada vez que ahí la colocaban. La lucha desigual parecía no tener fin hasta que al sargento Ortiz se le ocurrió dar la vuelta y jalarlo de los ensortijados cabellos. Por fin se logró inmovilizar al sentenciado.

El comerciante jaló del cordón y la cuchilla homicida cumplió de nuevo su cometido. La cabeza del moreno quedó suelta entre las manos de Ortiz, quien la alzó victorioso.

Villa, visiblemente emocionado, hizo que el procedimiento se llevara a cabo varias veces. En todas, la guillotina hizo rodar las cabezas entre el polvo. Uno a uno los prisioneros fueron ejecutados y hubo necesidad de traer a más para que el general quedara realmente convencido.

Después de cuatro horas de sangrientas demostraciones, el lugar quedó cubierto por una masa informe de cuerpos decapitados. Los curiosos, satisfecha su morbosidad (incluida por supuesto la mujer que se había desmayado en un principio) regresaron a sus actividades cotidianas, platicando animadamente sobre el suceso. Quedaron solos el general Villa, el sargento Ortiz, el coronel Rojas y el comerciante. Este último, aunque feliz, se acercó a Villa con timidez.

—Ya vio mi general cómo mi invento sirve a las mil maravillas. ¿No se lo había dicho yo a usted?

—Pues sí —dijo Villa— está muy bueno.

—Déjeme decirle además que la guillotina se puede armar y desarmar en un momento. Eso hace que sea fácil de transportar y de maniobrar.

—Muy bien.

El licenciado Velasco, con un definitivo aire de triunfo, sonreía alegre. Los demás, Villa entre ellos, también sonreían. De pronto el comerciante se puso serio y empezó a hablar con cara de «voy a hacer negocio».

—Bueno, mi general... si no es mucha molestia... me gustaría, claro, si ello fuera posible y si a usted le interesa mi producto... que habláramos sobre el precio...

—¿El precio? —preguntó Villa con extrañamiento.

—Sí mi general, es que construir una guillotina es una empresa muy cara y como la hemos fabricado con componentes importados...

—¿Cuánto quiere? —interrumpió el coronel Rojas.

—Nada más treinta pesitos —contestó Velasco.

—¿No se le hace mucho? —lo increpó el coronel.

—Le ruego que entienda que está construida con los mejores materiales: madera de nogal, hierro forjado, poleas holandesas, cuerdas de yute...

Villa intervino.

—Señor licenciado —dijo— tengo algo mejor con qué pagarle.

El hombrecito volvió su vista hacia él. Villa le dirigió una sonrisa complaciente.

—Le voy a pagar con algo que vale mucho más que cincuenta mil pesos.

El vendedor se sonrojó, apenado y contento a la vez.

—Se lo voy a agradecer infinitamente mi general.

Villa se volvió hacia el sargento Ortiz.

—Sargento...

—Sí mi general.

—Hágame el favor de dar de alta en la División del Norte al capitán primero Feliciano Velasco y Borbolla de la no sé cuánto, e integrarlo de inmediato a la brigada «Guadalupe Victoria».

La expresión de gusto que se había formado en el rostro del comerciante se empezó a desdibujar.

—No entiendo general —dijo.

—¿Cómo que no entiende amiguito? Le acabo de hacer el honor de darle un grado militar en el ejército de la Revolución.

—Se lo agradezco en el alma mi general, pero la verdad, prefiero que me pague aunque sea unos veinte pesitos... es que entienda mi general... yo para la guerra soy requetebruto...

—Se le nota enseguida licenciado, se le nota, pero no se preocupe que lo bruto se le va a quitar al paso.

—No es eso general, es que la verdad yo creo que es mejor que me dé los veinte pesos y...

—¿Quiere usted decir que desaira el nombramiento que le acabo de dar? —rugió Villa.

Velasco se dio cuenta de que acababa de provocar la legendaria furia de Villa.

—No mi general, no me mal entienda, es que...

Villa le clavó su mirada de fuego.

—¿Es que qué? —preguntó acentuando su indignación en el último «qué». El hombrecito tragó saliva: sabía que no tenía escapatoria alguna.

—¿Es que qué? —repitió Villa colérico.

Como pudo el licenciado Velasco empezó a articular frases con la esperanza de suavizar el enojo del jefe revolucionario.

—Es que mire usted, a mí la verdad me apena que, sin méritos en el campo de batalla, me dé usted, así nomás, un grado tan alto, y yo, en serio, que para esto de la guerra soy...

Velasco se quedó callado cuando sintió que los ojos de fiera de Villa lo recorrían de arriba abajo y de abajo arriba. Presentía que con seguridad una tormenta de injurias se desataría sobre sí y que su sentencia de muerte se dictaría de un segundo a otro, haciendo que su cabeza fuese a rodar entre las de los demás. Pero no, el general sonrió, le dio una palmada en la espalda que casi lo derriba y le dijo con voz pausada:

—Tiene usted razón amiguito, si lo hago capitán así porque sí se hablaría mal de eso entre mi gente y eso no me gustaría nada ¿verdad? Mejor le vamos a dar el grado de sargento y si se porta bien a la hora de los chingadazos me lo retacho a capitán. Ahora hágame el favor de acompañar al sargento Ortiz que lo va a proveer de uniforme y lo necesario y lo va a reportar con el coronel González que es el jefe de su brigada. Y usted Ortiz, me cuida bien a nuestro nuevo compañero.

ESCUADRÓN GUILLOTINA

—Sí mi general.

A los dos ayudantes de Feliciano Velasco y Borbolla de la Fuente también se les incorporó a la División del Norte. A la postre resultaron ser el cabo Juan Álvarez, el larguirucho de mirada vivaz, y el soldado raso Julio Belmonte, el mocetón mofletudo, quienes bajo las órdenes directas del sargento Feliciano Velasco integraron el «Escuadrón Guillotina de Torreón», nombrado así en honor de la ciudad recién tomada y cuyos únicos miembros eran sólo ellos tres.

El sargento Ortiz los proveyó de uniformes y demás enseres militares, como botas, municiones, cantimploras (objeto que se otorgaba únicamente a los oficiales de más alto rango, pero que, dada la importancia que la guillotina tenía dentro de los planes futuros de la Revolución, les era entregada con honores al licenciado Velasco y sus asistentes), cuchillo, pistolas (la del sargento Velasco era una *Smith and Wesson* con cachas nacaradas, un honor reservado a los oficiales, etcétera), rifles de repetición *Winchester,* así como sus respectivas insignias.

Los uniformes, que eran de una sola medida y que parecían ser confeccionados para ser portados por tipos de la estatura de Villa, les sentaron de maravilla al cabo Álvarez y al soldado Belmonte, que, de una forma u otra, arremangando por aquí, recortando por allá, habían logrado que les quedaran. No así al sargento Velasco, a quien la camisola le quedaba como abrigo y los pantalones como alberca. Hubo necesidad de confeccionarle un uniforme especial.

El sargento Ortiz los presentó al coronel González, jefe militar de la brigada «Guadalupe Victoria», quien los recibió con sumo agrado. El coronel ordenó a filas, y enfrente de la brigada completa resaltó el valor, la enjundia y la fe revolucionaria de los nuevos compañeros de armas (y eso que no tenía ni cinco minutos de haberlos conocido). Un abrazo fuerte y prolongado del coronel González al sargento Velasco y un saludo de manos afectuoso y cordial al cabo Álvarez y al soldado Belmonte sellaron el ingreso de los tres nuevos miembros de la brigada «Guadalupe Victoria». Terminado el acto y después de disparar salvas en su honor, se les asignó una tienda de campaña para ellos tres con sus respectivos catres (un honor reservado a los oficiales de más alto rango, etcétera).

—Baboso, idiota, no sé cómo demonios fui a hacerte caso —rugió el licenciado Velasco, que nunca profería una mala palabra. Daba vueltas de un lado para el otro, rabioso. Juan Álvarez, su asistente, trataba en vano de disculparse.

—Es que yo creía que con Villa íbamos a hacer un buen negocio.

—Negocio... negocio... negocio... imbécil... traerme con este generalote de pacotilla... nada más eso me faltaba...

—Pero es que...

—Es que nada... maldita la hora en que te escuché. Yo sabía que esto iba a acabar mal, que este Villa no era más que un bribón, un lépero, un... un... barbaján...

La cólera incendiaba el rostro de Feliciano Velasco y Borbolla de la Fuente. El gran negocio de su vida, los años enteros dedicados a un proyecto noble y generoso, se le iba de las manos por culpa de los consejos de un necio. El futuro de riqueza y prosperidad que le deparaba el destino se perdía en la nada. ¿De qué habían servido todas las horas de esfuerzo, de cálculos matemáticos, de estudiar con precisión los mecanismos de la guillotina? ¿Cuál había sido el sentido de elegir los mejores materiales, de combinarlos con sabiduría para lograr la guillotina perfecta, más eficiente, más mortífera de todos los tiempos? ¿De eso había valido dejar la carrera de abogado, abandonar la ciudad de México? ¿Ésa era la paga a los sudores y fatigas, el premio a su talento creador, a su capacidad de invención? ¿De qué había servido todo?, se preguntaba Velasco indignado, ahora miembro de un ejército zarrapastroso y vulgar, bajo las órdenes de un coronel panzón y con mal aliento y de un cuatrero que se hacía llamar general. ¿Por qué le había hecho caso a Álvarez? La cosa hubiera sido muy distinta si le hubiera ofrecido su producto al señor general Huerta. Ése era un verdadero «señor», no un ladrón que usurpaba funciones de militar. Don Victoriano Huerta le hubiera pagado al contado, no se digan mugrosos treinta pesos, no, le pagaría hasta doscientos pesos contantes y sonantes. El señor general Huerta sí hubiera apreciado en toda su magnitud la importancia del nuevo diseño guillotinesco. Le hubiera dado un lugar de honor a su creación, en el centro mismo del país, en el Zócalo, en donde le daría su merecido castigo a esos que se hacían llamar revolucionarios y que no eran otra cosa que ladrones desvergonzados. Pero no, escuchó a Álvarez y ahora él, Feliciano Velasco y Borbolla de la Fuente, licenciado, descendiente de una familia de gran abolengo, pertenecía a la fuerza al grupo de plebeyos que idolatraba a Villa. Pero lo peor de todo es que sabía que no tenía escapatoria alguna. Villa tenía dominada por completo la zona y si intentaba huir sería capturado en menos de lo que cantara un gallo. Tenía que luchar ¡oh horror!, al lado del populacho sediento de venganza y sangre. Combatir por unos ideales engendrados por la estulticia y contrarios a la virtud y a la moral (¿de dónde había sacado ese grupo de patarrajadas majaderos —pensaba Velasco— la idea de que todos podían ser iguales?).

—Imbécil... —masculló Feliciano—... imbécil...

Con la cabeza gacha Juan Álvarez escuchó el sainete de improperios que le propinaba su patrón. «Pero pronto, pensó, voy a tener la oportunidad de desquitarme».

Amaneció. El toque de diana anunciaba al ejército revolucionario que era hora de iniciar actividades, que, por cierto, ese día iban a ser muchas para el «Escuadrón Guillotina de Torreón».

El sol apenas despuntaba cuando en el campamento se notaba un gran movimiento. Las mujeres, envueltas en chales multicolores y arrodilladas a la vera de los fogones, preparaban el almuerzo, mientras los hombres se alistaban para el ejercicio de sus labores castrenses. Todos habían dormido plácidamente, recuperando las energías perdidas en la batalla, excepto dos personas: el sargento Feliciano Velasco y el general Francisco Villa. El primero tuvo pesadillas cada minuto de la noche: soñaba que era decapitado con el instrumento que él mismo había diseñado. Villa, por su parte, presa de un enorme entusiasmo, no había pegado el ojo, es más, ni siquiera se había ido a acostar. Se quedó junto a la guillotina jalando una y otra vez del cordón y mirando con fascinación el vuelo refulgente de la cuchilla. La guillotina, pensaba Villa, no iba a ser un mero instrumento para ejecutar prisioneros, no, se iba a convertir en el símbolo mismo de su persona, de su ejército, un símbolo auténticamente revolucionario.

Irrumpió el general en la tienda del sargento Velasco.

—Buenos días —dijo sonriente.

El cabo Álvarez y el soldado Belmonte, a medio vestir, se cuadraron como pudieron ante el general. El sargento Velasco, que a causa de las pesadillas no había podido descansar en toda la noche y que en esos momentos apenas conciliaba un sueño reparador, contestó con un gruñido. Villa, acostumbrado a que todos sus hombres se pusieran de pie ante su presencia, gritó de nuevo «buenos días» con voz tan sonora que hizo retumbar los oídos del comerciante. Velasco abrió uno de sus ojos e iba a volver a contestar con un gruñido cuando reconoció a contraluz la figura imponente del general Villa. Como impulsado por un resorte Feliciano saltó de su catre y en calzoncillos se cuadró ante el jefe revolucionario.

—¿Qué pasó compañerito, que no oyó la diana? —preguntó burlonamente Villa.

—No mi general, más bien sí, lo que pasa es que con la emoción del pensamiento, perdón, del nombramiento que me dio, no pude casi ni dormir.

—¿Le dio gusto?

—Un gustazo mi general.

—Bueno, ahora vístase sargento Velasco porque hoy tenemos mucha acción y así sin uniforme parece gusano de papa, y ustedes, cabrones, no se rían de su jefe, que le deben respeto.

El chaparrito intentó dibujar en su rostro una sonrisa, logrando sólo una mueca forzada.

—A que mi general tan ocurrente —farfulló Velasco.

—Ahora alístese que tenemos que llevar la guillotina a la ciudad: quiero darles una sorpresa a muchos riquitos que conozco por allá.

Salió Villa. Álvarez y Belmonte no pararon de reír en un buen rato. Velasco refunfuñaba:

—Muy chistositos... muy chistositos...

A partir de ese día, por obra y gracia del cabo Juan Álvarez, al sargento Feliciano Velasco y Borbolla de la Fuente, egresado con los máximos honores académicos de la escuela de Derecho de la Universidad de México, miembro de una de las familias más prominentes del país, se le conoció también como el «Gus».

Mandó el general Villa a que la División del Norte se organizara en tres columnas para partir hacia la ciudad de Torreón. A pesar de que la plaza ya tenía tres días en su poder, Villa decidió retrasar su entrada para impresionar más a los habitantes de la población. De igual forma dispuso que el «Escuadrón Guillotina de Torreón» entrara junto con él, al frente del ejército.

A las diez de la mañana aparecieron por las calles de la ciudad las huestes villistas. Encabezando a las mismas venía una carreta cargando una enorme estructura de madera y metal. Los niños corrían jubilosos al lado de las tropas revolucionarias (igual de jubilosos hubieran corrido si se tratase de Huerta o Zapata u Orozco o quien fuera: de lo que se trataba era de correr junto a las tropas), agitando banderitas y aventando serpentinas. Mujeres humildes gritaban a coro el nombre del Centauro del Norte y grupos de campesinos y jornaleros se unían espontáneamente a las columnas, esperando con ello ser aceptados en la División del Norte y entrarle así a la «bola». Miembros de las familias ricas se asomaban por entre las cortinas de las ventanas mirando horrorizados el espectáculo de la barbarie. Algunos de ellos, que habían viajado por Europa y estudiado en París, casi se desmayaron al reconocer la tétrica presencia de la guillotina.

ESCUADRÓN GUILLOTINA

Villa ordenó que las tres columnas se detuvieran frente a una elegante residencia, una verdadera mansión, diseñada al más puro estilo francés y en la cual habitaba un poderoso hacendado, dueño de miles de hectáreas sembradas de algodón y que no hacía muchos años le había puesto precio a la cabeza de Doroteo Arango.

Ahora Villa le ponía precio a la cabeza de su antiguo enemigo y lo hacía literalmente, porque bien: o éste entregaba a la causa revolucionaria cien mil pesos en plata, o Villa se encargaría de que su cabeza fuera a colgar a una de las esquinas de la oficina de correos.

Mandó Villa a que uno de sus dorados tocara la puerta del caserón y preguntara por don Luis Jiménez y Sánchez. El emisario tocó en el portón tres veces. Todo el ejército villista y el público presente aguardaban silenciosos y sólo de vez en cuando un relincho rompía el mudo ambiente.

Salió una criada impecablemente vestida de negro y ataviada con un delantal blanco.

—¿Qué desea el señor? —preguntó la mucama con toda propiedad, indiferente del todo al nutrido regimiento de revolucionarios.

—¿Se encuentra don Luis Jiménez y Sánchez? —preguntó cortésmente el emisario.

—En estos momentos se encuentra descansando en su habitación y solicitó no ser molestado.

El emisario miró a la criada y en tono amable le pidió que avisara a su patrón que lo buscaba el general de división Francisco Villa.

La mujer se retiró. El dorado esperó pacientemente. En este tipo de ocasiones el general Villa ordenaba que se actuara con toda la decencia posible. Le molestaba que dijeran que su ejército era una pandilla de bárbaros; era algo que le había aprendido a Felipe Ángeles. La sirvienta volvió.

—El señor dice que él no recibe a ladrones y que...

—¿Qué señorita?

—Y que el Villa ése puede irse mucho a chingar a su madre...

El emisario ni se inmutó: ya estaba más que acostumbrado a

15

recibir esa clase de respuestas. Dio las gracias por las finas atenciones prestadas y fue a informar a Villa el resultado de su entrevista (de hecho el general lo había escuchado todo, sólo que le gustaba mucho que le dieran informes). Enterado Villa del suceso, dispuso que un cañón apuntara directamente hacia la casa.

—Fuego —gritó Villa.

El obús no sólo tumbó la puerta sino también la mitad de la casa, de tal manera que se pudo descubrir que el hacendado Jiménez se encontraba efectivamente descansando en su habitación. En menos de un minuto la residencia había sido tomada por doscientos efectivos que de inmediato hicieron preso a su rico propietario. Por lo que toca a la criada se reportó que de ella sólo pudo hallarse una mano y el delantal blanco.

El preso fue de inmediato presentado ante el general Villa.

—Hasta que se nos hizo conocernos señor —le dijo el guerrillero al hacendado. Éste era un hombre de unos cincuenta años, solterón, que había estudiado en la escuela de Derecho de la Universidad de México y obtenido los máximos honores académicos. Era asimismo, descendiente de una de las familias de más abolengo en la nación.

—Miserable ladrón —farfulló.

—Calma amiguito, calma... que para ladrones ustedes se pintan solos. Yo le robo a los ricos y usted le roba a los pobres. Tan ladrón soy yo... como usted.

Jiménez y Sánchez trató de escupir el rostro del jefe revolucionario pero desistió de su acción cuando sintió que mil máusers cortaban cartucho. El sargento Velasco, que observaba de lejos la acción, sintió de pronto desfallecer. El hacendado del cual iba a tomar sangrienta venganza Villa era nada menos que Luisito Jiménez y Sánchez, amigo de la infancia, compañero de estudios. En su mente se agolparon los recuerdos compartidos: las vueltas en bicicleta alrededor del bosque de Chapultepec, las fiestas de gala, los juegos infantiles, el viaje en barco a Buenos Aires, las tardes soleadas en los cafés del Paseo de la Reforma, los bailes suntuosos que ofrecieron sus distinguidas familias. Su corazón empezó a latir con prisa y fuerza y sus piernas le empezaron a temblar. Una orden sonora del coronel González le hizo reaccionar.

—Sargento Velasco, prepare la guillotina inmediatamente —y guiñándole un ojo el coronel continuó en voz baja— que ora sí viene lo mero bueno.

Velasco se quedó frío, atónito, como si se le hubiese entumido el cerebro. ¿Qué hacer? ¿Huir? ¿Iba él, Feliciano Velasco y Borbolla de la Fuente, a propiciar y permitir el crimen de uno de su misma clase, el asesinato de su gran amigo? Pues sí, sí lo iba a hacer, no le quedaba de otra. «Ni modo», pensó.

Entre tanto el general Villa y el hacendado Jiménez continuaban sus tratos. Villa quería hacerle ver que si no donaba a la causa la cantidad requerida se vería en la necesidad de tomar prestada su cabeza para adornar la oficina de correos.

—Atrévase desgraciado... —fue la respuesta altanera que obtuvo Villa.

—Está bueno —contestó el otro sin mayor congoja.

Se había dispuesto por parte del «Escuadrón Guillotina de Torreón» que el instrumento mortífero fuera armado en el parque de la Candelaria y no en la vil calle. Feliciano Velasco no iba a permitir jamás tal deshonra para la brigada. El coronel González entendió las razones de su subalterno y accedió a la propuesta sin mayores miramientos.

La guillotina quedó situada justo en medio del parque, de tal manera que todo el que quisiera pudiese admirar y contemplar la ejecución. Llegó al lugar todo el contingente revolucionario. Los múltiples curiosos abrían el paso al cortejo de soldados que a empujones conducía al prisionero.

Jiménez y Sánchez llegó hasta el templete. Con una mirada reconoció el instrumento de su ejecución y un escalofrío lo recorrió desde la planta de los pies hasta el cuero cabelludo. De pronto, junto a la guillotina, divisó una figura familiar envestida en traje revolucionario. No tardó en recordar quién era y en medio de la algarabía soltó un grito agudo:

—Feliciano, amigo del alma...

Velasco volteó para todos lados, como si no le estuviesen hablando a él y se hizo el desentendido.

—Feeliiiciiaanoo heermaanoo —gritó desesperado don Luis, viendo en su viejo amigo el vislumbre de una luz salvadora.

Villa se acercó molesto al sargento Velasco y le preguntó:

—¿Lo conoce?

—Yo nunca había venido a Torreón —respondió Feliciano muy orondo.

—El señor no es de Torreón, es de la capital —espetó Villa.

—Yo soy del rumbo de Pachuca —dijo el sargento Velasco.

—No seas mentiroso —le gritó Jiménez—, si eres de la meritita capital, vivías en la calle de Plateros.

—Yo no conozco a este señor —continuó Feliciano con voz firme.

—No te hagas pendejo, si hasta nuestras mamás nos peinaban los bucles igualitos. ¿Qué ya no te acuerdas? Si soy yo, Luisito.

—Yo no conozco a este señor —repitió Feliciano mecánicamente.

—No te hagas Feli, si hasta estudiamos juntos en la escuela de Derecho...

—Yo no conozco a este señor...

—Acuérdate cuando fuimos por primera vez al cinematógrafo, que vimos esa película de don Porfirio paseando con doña Carmen por Chapultepec y que tanto nos gustó.

—Menos conozco yo a éste —farfulló Velasco sin mover un ápice los músculos de su rostro.

Villa, siempre dueño de una perspicacia natural, sospechó que uno de los dos mentía.

—¿Lo conoce usted? —le preguntó a don Luis.

—Claro que sí, si crecimos juntos.

—Demuéstrelo.

—Sí este cabrón es Feliciano Velasco y Borbolla de la Fuente.

—Es una coincidencia, este nombre es muy común —respondió Feliciano.

—Otra prueba —dijo Villa.

El hacendado se quedó pensativo unos cuantos segundos y entonces respondió:

—Ya me acuerdo... Tiene una cicatriz en la nalga izquierda, se la hizo una criada con unas tijeras cuando quiso hacerla suya a la fuerza.

Feliciano sintió de pronto que el mundo se le venía encima. Luis Jiménez le había curado esa herida y después el muy cínico se había acostado con la criada (y la convenció por las buenas). Si enseñaba las nalgas estaba perdido y entonces se descubriría su amistad con el hacendado, lo que revelaría su origen porfirista y aristocrático.

—Mi general, esa aseveración es absoluta y totalmente falsa.

—No te hagas pendejo Feli, enséñale tu trasero.

Ya se lo iba a pedir Villa cuando a Velasco se le ocurrió una frase oportuna (y muy revolucionaria).

—No puedo mi general incurrir en un acto tan penoso llevando puesto el uniforme de la División del Norte.

—Pos váyase a cambiar —le dijo Villa.

—Señor general, usted me confunde, este uniforme es para mí como mi piel misma.

El general se quedó perplejo ante la respuesta de su subalterno. Jiménez no podía creer en la transformación radical y en la traición de su amigo. La respuesta contundente de Velasco hizo que varios miembros de su brigada le aplaudieran y lo vitorearan.

—Eso Gus... muy bien Gus.

El general Villa, ante la valerosa actitud del sargento Velasco, dio por terminada la disputa.

—Me consta que el sargento no le conoce —afirmó Villa.

—Traidor —le gritó Jiménez a Feliciano.

—Opresor de las mayorías —contestó Velasco al insulto, quien de nuevo fue aplaudido.

—Mucha Gus, mucha.

—Cobarde —le espetó Jiménez.

—Explotador.

—Eso Gus, bien dicho. —El general Villa le dio un plazo de treinta segundos a Luis Jiménez para conseguir los cien mil pesos, pero éste desaprovechó la oportunidad gastando su tiempo en mirar feo a Feliciano. Después de que se venció el generoso plazo otorgado por Villa se procedió a llevar a cabo la ejecución.

No había menos de diez mil personas en el parque: entre ellos estaban como invitados de honor los principales hacendados de Torreón, cuya presencia había solicitado Villa, por una parte para darle más realce al evento y, por la otra, para poder convencerlos más fácilmente de brindar sus respectivos donativos generosos.

Jiménez miraba con desprecio a sus enemigos y con aparente dignidad esperaba el momento de su muerte (si no salió corriendo es que ya estaba aburrido de vivir).

Llegó el momento. El cabo Álvarez y el soldado Belmonte tomaron de los brazos a don Luis y lo condujeron al cadalso. Lo hicieron arrodillarse y, sin que nadie le dijera nada, como si estuviese acostumbrado a la rutina de esos procedimientos, Jiménez colocó voluntariamente su cabeza en la guillotina.

Los tambores redoblaron. La gente murmuraba en voz baja. La tropa aguardaba. Las familias de los pudientes lloraban. El general Villa charlaba animadamente con el coronel Rojas. Velasco, el verdugo oficial, esperaba con los hombros alzados y en posición de firmes la orden de ejecución.

Luis Jiménez volvió su cabeza hacia Feliciano.

—¿Sabes qué pinche traidor?

Velasco no respondió y se mantuvo atento a que le dieran la orden.

—¿... Sabes quién se acostó con Margarita? ¿No sabes quién? Pues fui yo grandísimo pendejo y no una, sino miles de veces, miles...

Velasco se volvió a mirarlo con ojos coléricos, llenos de furia. El nombre de Margarita era para él puro y virginal.

—¿Por qué crees que se fue a París?, idiota. ¿O te creíste lo de la visita a la tía?

ESCUADRÓN GUILLOTINA

La rabia de Velasco crecía con cada palabra de Jiménez. Era cierto: Margarita se había ido a París con una tía y de ese viaje sólo se habían enterado él y la familia de ella.

—Tenía un lunarcito en el ombligo y otro más abajito ¿nunca se los conociste?

—Mientes —gruñó Velasco.

—No hombre, qué te voy a mentir... pero déjame decirte que en la cama era una maravilla tu noviecita santa, se movía como no te lo puedes imaginar.

Con que había sido él, Luis Jiménez y Sánchez, su viejo amigo, su compañero desde la infancia, el que lo había alejado de su gran amor. Él, que apenas había rozado con sus labios las manos frágiles y delicadas de su amada, ahora se enteraba de todo.

—Sus padres nos descubrieron una noche desnudos en la biblioteca y por eso la mandaron a París, pero no te creas que terminamos, si hasta allá me la fui a...

De pronto todo el público contempló, sin esperárselo, pues aún no se daba la orden mortal, cómo un haz plateado caía sobre la humanidad de Jiménez, arrancándole la cabeza de tajo. Velasco, inundado todo él de rabia, caminó hacia la cabeza de su recién descubierto rival y le propinó chico patadón que la hizo volar por encima de los presentes que soltaron un ¡ohhh! prolongado ante la acción inesperada del verdugo.

Nadie había escuchado la plática entre el condenado y Velasco y por eso no entendían lo que sucedía. Villa, feliz, pensó: «He aquí un auténtico revolucionario».

Todos los hombres acaudalados de Torreón colaboraron gustosos con la causa. Ninguno de ellos quiso seguir la suerte de Jiménez y ver volar su cabeza en algún parque público. A partir de ese momento la fama del ejército villista creció en la región y, tal como lo previno Velasco, sus enemigos lo pensaban dos veces antes de enfrentarlo.

Esa misma tarde Velasco fue invitado a pasar a la tienda del general Villa y ahí mismo, tomando en cuenta su acción valerosa y revolucionaria, fue ascendido a capitán (retachado a capitán, según le dijo Villa).

Transcurrieron los días y poco a poco los miembros del «Escuadrón Guillotina de Torreón» se acostumbraron a la dura vida militar aunque, claro, desde una posición privilegiada: se les habían asignado tiendas de campaña y catres, mientras la mayoría dormía a cielo abierto soportando las inclemencias de la intemperie; habían sido meros espectadores en las batallas en tanto que sus compañeros se jugaban a diario el pellejo; gozaban de un trato deferente por parte de Villa, mientras que otros, viejos soldados partícipes de las primeras correrías revolucionarias, apenas recibían el saludo de su jefe.

El general, de algún modo, consentía a Velasco y a sus dos ayudantes porque consideraba que la guillotina se había convertido en el elemento simbólico que requería su imagen para consolidarse, la representación misma de la firmeza y la justicia. Sin embargo Villa recelaba de ellos tres. Su aspecto, sus gestos, su forma de hablar y de moverse, no correspondían a los de quienes naturalmente se avenían a él. Villa era un hombre pragmático y no le importaba mucho si sus hombres mantenían un cuadro de principios semejante al suyo, pero apreciaba en demasía la fidelidad y la lealtad de sus subalternos, siendo éstos los principios de más alta jerarquía en su escala de valores. Por ello decidió un día calar a Feliciano, Álvarez y Belmonte. Después de la toma de Torreón y posteriormente de San Pedro de las Colonias, la División del Norte se dirigió hacia la ciudad de Saltillo. El trayecto se realizó a marchas forzadas con el objetivo de evitar que los federales reforzaran la plaza. Sin embargo, en el camino, en un lugar llamado Paredón,

23

las huestes villistas tuvieron que enfrentar a una avanzada enemiga de más de cinco mil hombres, comandada por el general Joaquín Mass.

Apenas despuntaba el amanecer cuando comenzó la batalla. Villa, junto con sus hombres de más confianza: Fierro, Toribio Ortega, Felipe Ángeles y su secretario Luis Aguirre Benavides, vigilaba las acciones desde un pequeño cerro y, binoculares en mano, daba órdenes precisas para determinar la estrategia del combate:

—Fierro, váyase hacia el ala izquierda que está debilitada... general Ángeles, mande fuego de artillería sobre el centro... general Ortega, refuerce con sus hombres el flanco de la retaguardia, que la columna se está desbalagando...

Aguirre Benavides tomaba nota de todo lo que ordenaba el general y lo apuntaba en un pequeño cuaderno. De pronto garrapateó:

—Aguirre: traiga para acá al compañerito Velasco.

El secretario, un poco sorprendido, preguntó:

—¿Al capitán Velasco?

—Ese mero.

—Creo que está almorzando mi general.

Villa dejó a un lado los binoculares y fijó sus ojos en los de Aguirre.

—Tiene exactamente un minuto para traer al chaparrito y ya van contando diez segundos.

El secretario salió volando y regresó jadeante. Traía a rastras a Velasco quien venía comiendo un taco de carne asada con aguacate.

—Orden cumplida mi general —dijo Aguirre cuadrándose.

Villa señaló una piedra junto a él.

—Siéntese aquí —le dijo a Velasco. Feliciano, sonriente, se sentó. Era un espléndido día de primavera. En el cielo no aparecía nube alguna y la luz matinal brindaba a los objetos tal claridad que la serranía lejana parecía encontrarse al alcance de la mano. Abajo, entre los mezquites y huizaches, un conjunto desordenado de seres humanos y caballos, que a la distancia parecían de juguete, debatían el frágil hilo de sus existencias.

—¿Cómo se la ha pasado capitán?

—Muy bien mi general, muy bien —contestó Velasco relamiéndose.

—¿A toda matrícula?

—Mejor que eso —respondió alegre Velasco.

Villa sonrió y le dio un manotazo a la pierna de Feliciano.

—Pues ora sí compañerito —dijo— vamos a ver qué tan bien puestos tiene los calzones.

Velasco se volvió hacia su jefe, azorado.

—A que mi general... pues claro que los tengo bien puestos ¿qué no se lo he demostrado?

—Sí, que es más que la verdad, sólo que falta eso que los creyentes en religión llaman confirmación.

Un cascabeleo ventral empezó a correr por entre las tripas de Velasco, a quien ya le habían advertido de las excentricidades y rarezas de Francisco Villa.

—¿Y cómo está eso mi general?

—Mire amiguito, a mí se me hace que está muy chingón lo de la guillotina y toda la cosa, pero creo que le haría muy bien irse allá abajo a romperse la madre.

Feliciano miró hacia la llanura: soldados de ambos bandos se descuartizaban unos a otros.

—¿Para qué? —preguntó Feliciano con voz entumida—. Si acá usted y yo nos la estamos pasando requetebién.

—Sí, lo sé —dijo Villa—, si nomás quiero que me demuestre de todas, todas que usted es macho de los buenos.

—Pero ahora no mi general, no ve que acabo de comer aguacate, no me vaya a hacer daño —dijo Velasco mostrando las sobras de su taco.

—Sí, tiene usted razón compañerito, no vaya a ser la de malas que se me muera de indigestión y más ahora que tanta falta va a hacer.

—Ya ve, si le voy a hacer falta, para qué me arriesga.

—Qué arriesgarlo ni qué arriesgarlo... Si no pasa nada. En esto de la guerra sólo se mueren los muy pendejos o los que de a tiro traen la suerte enrevesada... Fíjese nomás le voy a enseñar...

En un instante Villa saltó a su caballo, se acomodó las espuelas, cortó cartucho con la carabina que traía en la montura y salió disparado hacia el campo de la batalla, levantando a su paso tremenda polvareda.

Los federales, que en ese momento empezaban a ganar posiciones, se paralizaron de terror cuando a lo lejos divisaron la silueta huracanada del temible jinete. La mayoría de ellos salió huyendo y los que se quedaron fueron muertos por los certeros balazos que Villa les metía entre ceja y ceja desde su caballo a todo galope o por los bayonetazos que les propinaron los soldados revolucionarios. Muy pronto el combate terminó.

Regresó Villa al cerro donde se encontraba Velasco que, pasmado, no lograba articular palabra.

—¿Ya se dio cuenta de que no pasa nada? —dijo Villa mientras desmontaba.

—Sí... sí... mi... ge... general.

—Pues a la próxima le toca a usted y a sus muchachos —dijo Villa, y dirigiéndose a Aguirre le preguntó—: ¿ya apuntó eso?

—Sí señor...

—Me lo recuerda después...

—Sí señor...

Villa recogió los binoculares que había dejado en el suelo, los limpió del polvo con la manga de su camisola, le echó un grito a Rodolfo Fierro que andaba por ahí y se alejó junto con él.

Atardecía. En la llanura coahuilense se había impuesto un silencio denso y arenoso. Los soldados de más bajo rango escarbaban en la tierra maciza y dura unos hoyos anchos y profundos para enterrar ahí a sus compañeros vencidos. Al terminar cubrían los fosos con pencas de nopal para evitar que los coyotes violaran las sepulturas y devorasen los cadáveres de los héroes oscuros. Los cuerpos de los enemigos eran apilados junto a ramas de mezquite y después incendiados con la ayuda del petróleo. Las llamas coloreaban el lugar compitiendo con los fulgores del atardecer. Yacían en plena llanada los restos inertes de decenas de caballos brindando al paisaje, con sus figuras descomunales y sus vientres hinchados, una nueva conformación, dantesca y ridícula a la vez. Velasco caminaba nervioso por entre las ruinas de carne y sangre. En sus oídos resonaban las palabras de Villa: «Pues a la próxima vez le toca a usted y a sus muchachos».

Se arrepentía de nuevo por haberle hecho caso a Álvarez, si tan solo...

—¿Qué pasó licenciado, por qué tan triste? —era el mismo Álvarez quien le hablaba.

—Desgraciado —musitó Velasco que tampoco le había perdonado lo del Gus.

—¿Mande?

—Nada...

—¿Nada de nada?

—Bueno, sí, les tengo noticias a ti y a Belmonte...

—¿Cuáles?

—Que por encargo del general Villa y en espera del estricto cumplimiento de sus órdenes...

—Fuimos ascendidos de rango... —interrumpió con regocijo Álvarez.

—... No menso... no...

—¿Entonces?

—Que se nos ha asignado ser punta en la próxima carga de caballería...

Álvarez tragó saliva.

—¿Cómo?

—Comerás, desayunarás y cenarás pero así está la cosa y con la novedad de que la próxima plaza a atacar va a ser ni más ni menos que Saltillo.

Álvarez volvió a tragar saliva; su manzana de Adán, prominente y abultada, saltaba retozona.

—Como quien dice, ya nos llevó la...

—Esa mera.

Por la noche ni Velasco ni Álvarez ni Belmonte pudieron dormir. La idea de tener que combatir frente a frente con el enemigo les sacudía la punta de la nariz. Ninguno de ellos se había visto jamás comprometido en una situación de vida o muerte. Velasco había sido toda su vida un aristócrata acostumbrado a modales refinados y a pláticas de tiquis miquis. Eso del honor, las batallas, el sudor, el polvo, eran temas nuevos para él y que sólo aparecían en las viñetas de los libros de Salgari. Álvarez, por su parte, era uno de esos miembros recientes de las clases intermedias de la ciudad de México y se había unido a Velasco por dos razones: la primera para huir de su familia, sobre todo de su madre y de sus tías Clodomira y Gertrudis, que se obstinaban en hacer de él un cura (si ya tiene la facha de padrecito —decían—: sólo falta inyectarle la vocación), cuando Álvarez lo que quería era ser administrador de un burdel que regenteaba otra de sus tías, su tía Sensualité (ése era su nombre de trabajo, el verdadero: María Magdalena del Perpetuo Socorro), y la segunda razón que lo ataba a Velasco es que le fascinaban los inventos creados por su jefe. Belmonte era hijo de un asturiano que había centrado el universo en su tienda de telas y que había hecho crecer a sus vástagos con el concepto de que la realidad se medía en metros cuadrados y se sintetizaba en vestidos femeninos. No está por demás mencionar que Belmonte se había unido a Velasco porque encontraba más porvenir en los cuerpos humanos decapitados que en los maniquís sin cabeza de la tienda paterna. Ninguno de los tres, por lo tanto, tenía interés alguno en las retribuciones sociales de la Revolución ni motivación para ir a balacear paisanos.

Empezaba a clarear cuando la corneta llamó a filas. El toque de diana sonó en los oídos de Velasco como el zumbido de un panal de avispas que le aguijoneaba la cabeza.

ESCUADRÓN GUILLOTINA

Se estaba vistiendo cuando entró a su tienda el coronel González acompañado de Rodolfo Fierro.

—Hoy le toca abrir campo capitán —le dijo el coronel González— y como el general Villa sabe que usted en esto de la guerra carece de experiencia, les va a hacer compañía nuestro hombre más valiente: Rodolfo Fierro.

Fierro miró a Feliciano con ojos indiferentes. Su mera presencia inquietó al chaparro.

—El coronel Fierro lo aleccionará en lo que respecta a lo que debe de hacer, se las sabe de todas todas, así que confíe en él.

Fierro avanzó dos pasos hacia Feliciano, escupió los restos del habano que llevaba en la boca y empezó a hablar con voz pausada.

—Es muy fácil, se sube usted al caballo, lo espolea duro, se encarrera, toma dirección hacia donde están los federales, se pega a su montura. Bien agachado, saca la carabina, le apunta a los «pelones», les dispara y les mete un plomo entre el ombligo y la frente, y ya está.

Velasco contemplaba asombrado los movimientos suaves y hasta delicados, sin emoción, con los que Fierro describía las acciones a ejecutar.

—¿Y la estrategia? —preguntó candorosamente Feliciano.

—¿La estrategia de qué?

—Sí, ¿qué movimientos tácticos vamos a desplegar? ¿Cómo se va a reforzar nuestra posición? —decía Velasco recordando algunas de las frases que usaba Ángeles para planear una batalla.

—Ah... eso... —masculló indolente Fierro.

—Sí, sí —dijo Velasco con la esperanza de ser librado de su participación en combate.

—«Eso» es algo que a usted le vale un cacahuate, para «eso» están los generales. Usted obedezca y haga lo que le digo.

Velasco, que si por él fuera hubiese huido de ahí, sólo atinó a decir:

—Entendido mi coronel.

Para la toma de Saltillo, el general Villa determinó que las tropas se mostraran ostensiblemente en las laderas de la serranía, vecinas a la ciudad. Sabía que así, lejos de los obuses de la artillería enemiga, pero cerca de los lentes de los prismáticos, podía impactar a las filas contrarias. Esta actitud arrogante y provocadora era la manifestación pura de la potencia guerrera de la División del Norte y era precisamente al capitán Velasco a quien correspondía encabezar esta demostración de poder.

Montado arriba de un hermoso alazán, animal bruto de mirada feroz, Feliciano, en espera de la orden de ataque, trataba de mitigar su nerviosismo contando con fijeza las crines rebeldes del equino. Rodolfo Fierro, a su lado, también en su cabalgadura, masticaba pedazos de carne seca de víbora de cascabel. Atrás de ellos Belmonte, tratando de aparentar una ecuanimidad inexistente, inflaba sin cesar sus cachetes en un inútil intento por silbar una canción de cuna. Álvarez, por su cuenta, sazonaba el tiempo tratando de recordar los olores de la última soldadera con la que se había acostado. Los demás miembros de la caballería aguardaban formados en dos largas hileras.

En las calles de Saltillo todo parecía estar en calma. No se lograban distinguir puntos fortificados ni despliegue alguno de artillería. No se escuchaba tampoco ningún clarín de órdenes ni los gritos que todo oficial precavido lanza al aire para alentar a sus hombres. Nada, absoluto silencio, ni un moro en la costa.

En situaciones como éstas la paciencia de Villa se agotaba rápidamente. Su ímpetu bélico y su carácter arrebatado lo llevaban a veces a tomar decisiones apresuradas y peligrosas.

Cada minuto que pasaba lo desesperaba y lo consumía el deseo imperante de combatir. El general Ángeles, única alma en todo el ejército capaz de frenar los impulsos de Villa, vislumbraba en esa quietud la posibilidad de una trampa bien urdida y proponía al general que se esperara por lo menos dos horas más para vigilar atentamente cualquier movimiento que indicara si había o no un intento de celada.

Villa, tomando en cuenta el consejo de su jefe de artillería, mandó a los elementos de caballería a desmontar y esperar de pie, junto a las bestias. Para Velasco las dos horas extras apaciguaron un tanto el bamboleo que corría por sus venas.

Vencía casi el plazo cuando uno de los vigías dio la voz de alarma: junto al Palacio de Gobierno, en uno de los edificios contiguos, había visto correr por la azotea a tres federales. Villa tomó los binoculares y verificó la información.

—Preparen —gritó con voz atronadora—, todos listos.

La presencia de los federales había revelado con cierta claridad los planes enemigos. Al parecer se esperaba que las columnas villistas, al notar vacía la plaza, entraran a la ciudad sin cautela, tratando de posesionarse del centro, donde serían esperados por un fuego cruzado desde las edificaciones laterales.

El trazo estratégico de Villa indicaba que la caballería cargara directamente contra esos puntos.

Velasco, presa de nuevo de una tremolina orgánica, preguntó a Fierro:

—¿Y allá abajo qué hacemos?

Fierro se volvió a mirarlo molesto.

—¿Qué no escuchó ayer lo que le dije que tenía que hacer?

—Sí coronel, pero ya se me olvidó.

—Mejor le digo las cosas al caballo, qué se me hace que es menos pendejo.

Velasco se hizo el sordo.

—De todos modos no se preocupe —continuó Fierro— que para eso viene conmigo y además el animal que monta ya tiene muchos combates y sabrá solito qué hacer.

El grito de «ataquen» sonó en el aire antes de que Velasco pudiera acomodarse bien en el estribo. El caballo, tal y como lo había sostenido Fierro, ya tenía experiencia y al oír la orden arrancó como demonio hacia el frente de batalla.

Para proteger a la caballería, el general Felipe Ángeles había dispuesto que la artillería lanzara granadas unos cuantos metros adelante del avance de la columna. Velasco, que desde que sintió correr a su caballo había cerrado los ojos, pensaba que los bombazos próximos se los lanzaban los enemigos precisamente a él por ir al frente del ataque pero que era un jinete con tal suerte que ninguno le pegaba.

Fierro aullaba de alegría, feliz de soltar balazos sin ton ni son, como si no se fuera a morir nunca. Belmonte, que daba saltos de aquí para allá en su cabalgadura, trataba aún, inútilmente, de chiflar una tonadilla. Álvarez, que sí había puesto atención a los consejos de Fierro, se abrazaba al cuello de su caballo tratando de presentar el menor blanco posible y murmuraba un sin fin de conjuros supersticiosos (como era ateo no rezaba).

El estrépito que provocaba la cabalgata producía una sinfónica sucesión de ruidos: las explosiones de granadas se alternaban armónicamente con los tronidos de los disparos de los máusers, con los gritos de los rebeldes y el chasquido de los caballos al golpear el suelo.

Una sensación embriagadora empezó a dominar a Feliciano. El miedo, conjugado con la música de la batalla, lo había transformado. Ya no se sentía como un hombre individual sino como una parte más del puño demoledor de un ser gigantesco que obedece a una sola voz: el del canto de la lucha guerrera, canto que incrustado en los genes corre por las arterias de la humanidad como una marejada que espera ser despierta. Velasco abrió los ojos y empezó a gritar desaforado, esperando con ilusión la presencia del enemigo. Pero el enemigo nunca apareció. Los tres federales que habían sido divisados a lo lejos resultaron ser los únicos existentes en la plaza. Los habían abandonado ahí sus compañeros como castigo por haber infectado de sífilis a las prostitutas de un «zumbido» —burdel baratón— cercano a la ciudad, impidiendo así que los demás gozaran de los placeres de la carne. Los tres no opusieron resistencia alguna y se rindieron de inmediato. Villa los llamó a declarar.

—¿Cuántos hombres defendían la plaza?

—Cerca de diez mil.

—¿Tantos?

—Bueno, no... exageré un poco...

—¿Cuántos entonces?

—Nueve mil ochocientos noventa y cuatro elementos.

—Bien. ¿Y por qué huyeron sin presentar resistencia alguna?

—Por miedo.

—¿A qué? ¿A nuestro ejército?

—No.

—¿Entonces?

—A ser capturados.

—¿Y qué con eso? ¿Qué no son hombrecitos los federales? —inquirió Villa burlonamente.

—Como los que más —respingó el federal apresado.

—Pues no parece.

—Pues así es, sólo que la mayoría tenía miedo de que los agarraran vivos y los ejecutaran ustedes con un aparato raro que traen desde Torreón.

—¿La guillotina?

—Esa mera y es que dicen que el que muere sin cabeza no tiene descanso eterno.

Al oír esto Villa suspiró con agrado y sus ojos resplandecieron de satisfacción.

—¿Eso dicen?

—Sí general.

—¿Y nomás por eso huyeron?

—Sí general, si no aquí estarían todos los nuestros partiéndose la madre.

Villa, feliz por lo que había escuchado, mandó llamar a Velasco.

—Capitán Velasco —dijo— no sólo ha mostrado usted valor sin igual en el campo de batalla, sino que con el invento que nos ofreció hemos podido ganar combates sin derramar una sola gota de sangre, tal y como ha sucedido hoy. Permítame en nombre mío y de todos sus compañeros de armas felicitarle.

—Gracias general —contestó Feliciano muy orondo.

—¡Que viva Gus! —gritaron sus compañeros de brigada.

—Y sépalo usted —continuó Villa— que de ahora en adelante lo eximo de combatir y además le regalaré unos catalejos para que nos pueda ver pelear a distancia.

Para festejar la Victoria el general Villa mandó traer a las putas de otro zumbido y dejó que Fierro se diera gusto balaceando a los prisioneros adentro de un corral (costumbre arraigada en el muchachón y que otros relatan mejor que yo).

Continuó la División del Norte su fragoroso andar en la incansable lucha de dar alcance a las metas fijadas por la Revolución. El ejército rebelde participó en varias batallas, cruentas las más, en las cuales pudo salir avante gracias al genio militar de Villa, la estrategia bélica del general Ángeles, la valentía de hombres como Rodolfo Fierro y Toribio Ortega, y el arrojo sin igual de los soldados villistas. En los encarnizados combates que se libraban, los revolucionarios entregaban el alma entera y palmo a palmo hacían suyos los territorios que antes eran del dominio de los federales. En las plazas que conquistaban eran recibidos con vítores y alegría, respeto y admiración, miedo y horror. En ellas los villistas actuaban conforme a los principios revolucionarios, y quienes se oponían a ellos eran conducidos al sendero de la guillotina. La mera presencia de este instrumento mortífero promovía en los más renuentes su adhesión incondicional a la causa (que por lo común se traducía en jugosos donativos). Sólo los muy necios o los muy reaccionarios perdieron sus cabezas.

Así la guillotina cumplía a la perfección con su objetivo: era símbolo a la vez de firmeza y justicia.

El 23 de junio de 1914 se libró una de las batallas más feroces que se registran en los anales de nuestra historia: la que se libró entre las tropas de la División del Norte y el Ejército Federal, que se había hecho fuerte en la ciudad de Zacatecas. El enconado combate provocó severas bajas en ambos bandos. Villa hizo que su ejército desplegara uno de sus famosos ataques, de tal manera que en la mañana del día 24 de junio ya se habían destruido los puntos de resistencia de los federales y en unas cuantas horas la plaza se rindió a las tropas norteñas. En esa ocasión, recordaría el general Ángeles años más tarde mientras esperaba el momento en que se cumpliría su sentencia de muerte, el general Villa demostró ser poseedor de una suerte loca: había ido Villa, en compañía de algunos de sus mejores jinetes, a reforzar una de las posiciones cuando una granada fue a explotar justo en medio del grupo. El caballo de Villa cayó transformado en un montón de hilachas de piel y entrañas. Los demás hombres quedaron muertos, confundidos sus cuerpos con los de los animales. Villa, aturdido pero vivo, reaccionó con dolor ante la muerte de sus compañeros y colérico ordenó se redoblaran esfuerzos, mismos que él guió carabina en mano.

Zacatecas era una plaza de suma importancia. En ella se concentraban capitales provenientes de la extracción de metales. Ahí había dinero, dinero que podía seguir subsidiando a la Revolución (sería después la Revolución la que subsidiaría). Por otra parte, Zacatecas, por su ubicación geográfica, era un punto estratégicamente vital para el control militar y político.

El general Villa tenía conocimiento de que en la ciudad vivían decenas de ricos, muchos de ellos de origen español a los cuales se les podía solicitar un generoso donativo. Para lograrlo contaba con la demostrada eficiencia del «Escuadrón Guillotina de Torreón».

Villa mandó a que se localizaran a los más acaudalados ciudadanos. Al día siguiente, 25 de junio por la tarde, ya tenía reunidos (por no decir prisioneros) a los más opulentos residentes de la ciudad.

Por esas fechas el general Villa era ya conocido en todo el mundo y su prestigio trascendía las fronteras. Le llamaban el «Napoleón mexicano», el «Robin Hood de México» y otros muchos nombres más. En gran medida esa fama se la debía a los camarógrafos de cine de la *Mutual Film Co.*, que desde la toma de Torreón lo habían convertido en una estrella de la pantalla. La *Mutual Film Co.* le pagaba buen dinero, le aportaba uniformes y enseres y, sobre todo, le había creado en Estados Unidos un aura de militar exitoso.

ESCUADRÓN GUILLOTINA

A Villa le caían bien los camarógrafos gringos porque, de algún modo, se sentía en deuda con ellos. Por esa razón ordenó que se montara la guillotina en la plaza central de Zacatecas, para que ahí se desarrollaran dos o tres ejecuciones de hombres ricos y las cámaras pudieran filmar el castigo que merecían los «hacendados explotadores» y «los aristócratas opresores» (palabras que había incluido Villa en su léxico a partir del incidente de Jiménez con Velasco).

Todo se preparó con gran esmero. El cabo Julio Belmonte (habían sido ascendidos él y Álvarez junto con su jefe) daba instrucciones precisas para colocar la guillotina en el sitio más visible. El sargento Álvarez recomendaba a los camarógrafos de la *Mutual* los lugares sobre los cuales podían tomar las mejores vistas. El capitán Velasco, gallardamente, le explicaba a una bellísima periodista gringa los detalles de la ejecución (la ejecución de ella misma por la noche en la cama de Feliciano).

Se mandó traer una tambora zacatecana para amenizar el evento. La plazoleta fue cubierta con adornos de papel de china y se repartieron confetis y serpentinas entre los asistentes. En una celda improvisada, situada en un rincón oscuro del mercado local, los diez riquillos elegidos por Villa sollozaban desconsolados.

La guillotina, personaje central del día, había sido decorada profusamente. En la cuchilla se había pintado la imagen del general Villa por un lado y la de Francisco Madero por el otro. En las vigas se colocaron banderitas que se agitaban al compás del viento. En el travesaño se colocaron jarrones de barro en los cuales florecían unas hermosas rosas rojas.

La tarde era soleada y clara. Los cerros que rodean a la ciudad, el de la Bufa, el de Tierra Colorada y el de los Clérigos, se distinguían claramente. Alrededor de la plaza se habían colocado numerosos puestos de comida. Había de todo: chicharrón en salsa verde, moronga, panes surtidos, antojitos, agua de horchata y de jamaica, dulces típicos, barbacoa, carne asada, carnitas de puerco.

La gente, alegre, se paseaba con la familia, vestidos todos con sus mejores galas en espera de que llegara el momento estelar.

Los camarógrafos de la *Mutual* fueron a hablar con Villa. Puntillosos (como buenos gringos) solicitaron al general que apresurara las ejecuciones porque a las siete de la noche había muy poca luz para filmar. Villa los complació y a las cuatro de la tarde en punto empezó el evento. Al primer preso que se le solicitó un donativo por la cantidad de cincuenta mil pesos fue Álvaro Reyes, un viejo porfirista que accedió de inmediato a pagar. Sus hijos trajeron varias barras de oro y plata que valían mucho más de lo solicitado. Villa le extendió un recibo por la cantidad donada (deducible de impuestos, claro) y lo dejó partir.

El siguiente fue un gallego: Gerardo Garrido, dueño del principal hotel de la ciudad (no precisamente el más reputado). Garrido no chistó ni un segundo en desembolsar la cantidad requerida. De igual forma se le extendió un recibo y se le dejó ir.

El tercero era Juan Escalante, joven heredero de una enorme fortuna y que había aumentado su caudal recién casándose con una regordeta y millonaria duquesa polaca. Escalante accedió también a pagar el dinero solicitado. Se le dejó ir.

La gente se impacientaba: quería ver acción. Los camarógrafos de la *Mutual,* desesperados, le pedían más energía a Villa:

—Solicíteles algo que no puedan pagar, unos ciento cincuenta mil pesos —le dijeron. Villa alzó los hombros y los complació.

Llegó su turno a Rómulo Meneses, el hombre más rico de la región. Meneses no vaciló ni tantito en pagar los ciento cincuenta mil pesos. Tenía doscientas veces más que eso. Idéntico procedimiento: recibo y partida.

Dice el dicho que no hay quinto malo y así fue. Tocó en suerte la presencia de Carlos Samaniego, viejo zorro dedicado a la minería y fundador de una estirpe de abolengo zacatecano. Samaniego, sin embargo, estaba quebrado. Había llevado a cabo una aventura financiera al otro lado del Atlántico, concretamente en París, donde quiso establecer un restaurante de gorditas y de enchiladas potosinas. En las puras idas y venidas se le acabó la fortuna. Viajaba con sus diez hijos y cinco hijas, según él para adentrarlos en el manejo del negocio. Pero al ojo del amo no engordó el caballo, sino más bien un grupo de coristas del *Moulin Rouge* que se alimentaron a base de *champagne* y caviar que les invitaban los hijos de don Carlos, en tanto que las hijas despilfarraron los ahorros paternos comprando corsetería de seda, sombreros de plumas de avestruz y perfumes con extracto de tulipanes holandeses. Samaniego nunca pudo sacar avante su anhelado proyecto y de su riqueza incalculable sólo le quedó la fama, por eso cuando le pidieron los ciento cincuenta mil pesos contestó:

—No los tengo.

El público, de plácemes, aplaudió. Los camarógrafos de la *Mutual* se pusieron felices. Samaniego tenía toda la facha de ser enemigo de la Revolución: la imagen perfecta del viejo avaro y porfirista. Además contaba con las hijas suficientes para protagonizar espectaculares desmayos a la hora de ver rodar la cabeza de su padre o, por qué no, ser pateada en un acto heroico por el capitán Velasco.

Villa, a quien siempre le caracterizó la condescendencia le preguntó al anciano si de verdad no tenía la cantidad solicitada. Samaniego, de cuyos apagados ojos resbalaban algunas lágrimas, repitió su respuesta: «No los tengo» (la escena fue maravillosa según comentó años más tarde el camarógrafo Sherman Martin).

Como si se hubiese planeado para ser filmado, una de las hijas de Samaniego, la más joven y bella de todas, corrió hasta donde se encontraba sentado Villa y en un acto de sin igual nobleza le dijo:

—Tómeme a mí, haga lo que quiera conmigo, lo que usted desee, mi cuerpo entero es suyo pero deje en paz a mi padre (buena escena comentó Martin pero el rollo en que se filmó se veló).

El general Villa, que de todos modos ya había pensado en tomar a las cinco hijas de Samaniego, se levantó de su asiento, con su mirada móvil recorrió el rostro ovalado de la muchacha, deteniéndose en sus ojos de azul cristal, suspiró y le contestó que apreciaba la oferta, que en realidad era muy tentadora (al decir esto la mirada de Villa había bajado como unos treinta centímetros de los ojos azul cristal), pero que la causa que él perseguía requería de otro tipo de menesteres (eso dijo porque ahí estaban los de la *Mutual,* si no fuera así, ni un instante hubiera dudado en aceptar la proposición). Al oír la respuesta del guerrillero la muchacha caminó hacia el padre, le besó la frente y lanzó un alarido de dolor que la hizo desmayarse (esa escena afortunadamente fue filmada y se puede ver en el archivo cinematográfico del Museo de Arte Moderno de Nueva York). Las demás hijas también gritaron y se desmayaron mientras que sus hermanos, arrodillados y de cara al cielo, solicitaban clemencia divina.

El público celebraba ruidosamente cada una de las acciones y aclamaba cualquier expresión o movimiento del anciano minero.

Llegó el momento de la verdad. El sargento Álvarez y el cabo Belmonte, eficaces cumplidores de su tarea, tomaron a Samaniego de los brazos y a rastras lo llevaron hasta el templete. El viejo, sabedor de que eran esos sus últimos momentos, intentó actuar con dignidad, pero sus frágiles hombros no pudieron aguantar el peso de la nada futura y se doblaron temblorosos hacia adelante, yéndose casi de boca. Álvarez lo detuvo, le enderezó el tronco y lo arrodilló junto a la guillotina. El viejo con docilidad descansó su cuello en la base dispuesto a morir.

El capitán Velasco se colocó en firmes en espera de la orden fatal. Los tambores dejaron escuchar un prolongado redoble y callaron. Expectante la turba aguardaba. Con una seña de su mano Villa dio la orden. El capitán Velasco jaló. El público esperando ver la caída refulgente de la cuchilla movió automáticamente su cabeza de arriba abajo pero nada sucedió. Velasco volvió a jalar. Nada. De nuevo tiró el cordón. Nada. El viejito temblaba del susto en cada intento que realizaba Velasco. Pero no, no sucedió nada.

Villa, en un inicio, se desconcertó, pero al notar que la guillotina había fallado se encabritó. Su imagen internacional, tan bien cuidada hasta entonces la estaba echando a perder el escuadrón de Velasco.

—*What's going on?* —gritó uno de los camarógrafos gringos.

—¿Qué chingados pasa? —preguntó el coronel Rojas.

Pues resultó que de tanto viaje por las llanuras el mecanismo de la polea se había impregnado de polvo y se trabó completamente. Imperdonable error de Velasco el no haberla revisado antes. La gente, enardecida, comenzó a silbar. Se sentía defraudada. Los compañeros de Velasco lo animaban:

—Jálale Gus, dale duro, jala...

Nada. Nada. Nada. La cuchilla nunca cayó. Velasco tiró de la cuerda con todas las fuerzas y lo único que logró fue romperla. Samaniego se empezó a reír a carcajadas. El público vociferó y las cámaras de la *Mutual* filmándolo todo.

Los gringos increparon al general Villa:

—Uusteed proomeeteer ejecoución y nouu coummpliir —le dijeron.

Villa, consternado, les prometió que al día siguiente a la hora que ellos dispusieran iba a mandar fusilar a Samaniego y a los otros ricos, pagaran o no la cantidad solicitada (y así fue: el 27 de junio de 1914, a las diez de la mañana —hora en la que hubo suficiente luz para poder realizar las tomas— fueron ejecutados uno a uno: Carlos Samaniego, Joel Ruiz, Mario Roberto Hernández, Raúl González y Salvador Segura: los rollos originales en que se filmaron estos fusilamientos se perdieron en el incendio de la Cineteca Nacional, sin embargo se puede localizar una copia en la colección Williamson en Vancouver, Canadá).

El capitán Velasco, gracias a una extraña y sorprendente capacidad de intuición, previó que una tormenta se desataría sobre sí.

El «incidente de Zacatecas», nombrado así por lo acontecido en la mencionada ciudad, constituyó un grave problema político para el general Villa. En primera instancia el divisionario tuvo que negociar arduamente con los camarógrafos de la *Mutual Film Co.* para convencerlos de que no revelaran los rollos en los cuales se había filmado el fallo desastroso de la guillotina; para lograr su objetivo tuvo que firmar un contrato de exclusividad por cinco años, en el cual se comprometía a actuar en una serie de diez películas que versarían sobre su vida, incluido por supuesto el decoroso papel que hizo al defender a su virginal hermana de las garras del hacendado pervertido (en un principio Villa quiso fusilar a los fotógrafos gringos, pero el siempre prudente general Felipe Ángeles lo convenció de que ese proceder le podría traer serios conflictos con el gobierno de Washington, por ello Villa optó por el contrato).

El segundo problema que tuvo que resolver el general era el de su imagen pública, que ligada íntimamente a la de la guillotina había sido seriamente dañada. Para mejorarla Villa hizo que sus tropas se salieran de Zacatecas, le devolvió su armamento a los federales, los dotó de cañones, parque y hasta de más hombres. Les permitió fortalecerse. A la mañana siguiente el general ordenó de nuevo la toma de la ciudad, lo que se consiguió después de un espectacular combate (obviamente los de la *Mutual* lo filmaron todo). Resuelto ese problema aún quedaba un tercero que afrontar: la credibilidad de los métodos de ejecución. Ya no era la guillotina el instrumento temido y eficaz que lograba victorias para la División del Norte con la mera mención de su nombre. Su presencia ya no inspiraba temor y ahora se le consideraba un armatoste absolutamente inservible, ridículo. No contaba Villa con procedimientos de ejecución tan impactantes. El fusilamiento ya había pasado de moda, la horca era vulgar. No tenía forma alguna para convencer a los ricos a colaborar con la Revolución. Para su fortuna se topó con un historiador que lo introdujo al conocimiento de las terroríficas torturas que se aplicaron en la Inquisición. Así el villismo, honrando la tradición, adoptó el potro, el garrote vil, la inmersión en agua y la hoguera, pero ninguno de estos métodos superó jamás la teatralidad y el dramatismo de la guillotina.

Después del incidente de Zacatecas, Villa quedó profundamente desilusionado. Velasco, su escuadrón y su invento lo habían entusiasmado sobremanera y, si por él fuera, les daría otra oportunidad, pero los sabios consejos de sus colaboradores más cercanos le hicieron ver que era peligroso arriesgar al ejército revolucionario a sufrir otro papelón. A pesar de ello Villa consideró que no podía prescindir del todo del auxilio de la guillotina y le asignó otras funciones, las cuales se mencionarán más adelante. El tiempo indicaría si la guillotina podría volver a ser el método preferencial de ejecución.

Para el capitán Feliciano Velasco el incidente resultó una verdadera catástrofe. Por su culpa la honrosa División del Norte había sufrido un tremendo desaguisado. Todos sus compañeros de armas se burlaron inmisericordemente de él. La gente, con sorna, abucheó durante horas su invento. La periodista gringa, la que Velasco se había saboreado durante todo el día y que había prometido pasar la noche con él, terminó acostándose con Julio Belmonte en un acto de agravio sin par. La guillotina, su guillotina, su grandiosa creación, fue objeto de todo tipo de actos bárbaros. La escupieron, la apedrearon, le arrancaron las banderitas, le rompieron los jarrones que adornaban el travesaño, pisotearon las hermosas rosas rojas, un perro se orinó sobre ella y, lo peor de todo, alguien inscribió a cuchillo, en la base misma, la leyenda: «Pedro ama a Letisia».

Aun cuando los miembros del «Escuadrón Guillotina de Torreón» gozaban de su innegable preferencia, Villa no pudo pasar por alto el ridículo que le habían hecho vivir. Por ello tuvo que dar a los responsables una merecida sanción y evitar así la indisciplina entre los de su tropa.

El escuadrón fue citado a consejo militar al día siguiente. Dicho consejo estaba integrado por el general Francisco Villa y ya. Los tres miembros del escuadrón fueron sentados en sendos banquillos frente a la mesa del tribunal. Llegó el consejo en pleno, esto es, Villa y tomó su lugar.

El general revisó a fondo el expediente de Velasco y sus hombres. Analizó cuidadosamente los méritos en campaña y sopesó el daño que habían provocado a la imagen del contingente revolucionario. Evaluó los casos en forma individual y en conjunto. Después de largas cavilaciones (que le tomaron un poco más de un minuto) el general Villa tomó las siguientes resoluciones:

1. En virtud de que el capitán Feliciano Velasco era el jefe responsable de la unidad «Guillotina de Torreón» se procedió a retirarle el grado que ostentaba y rebajarlo a cabo.

2. Al sargento Juan Álvarez, encargado del mantenimiento de la guillotina, por no haber cuidado los detalles de limpieza y aceitado, se le degradó a soldado raso.

3. Al cabo Julio Belmonte, por haber tenido una oportuna intervención que logró acallar las insidias de la prensa extranjera (representada por la periodista gringa con la que se acostó) se le ascendió a capitán y se le transfirió a un escuadrón de mayor prestigio.

4. El «Escuadrón Guillotina de Torreón», en virtud de su grave y penoso error, fue separado de la brigada «Guadalupe Victoria» y asignado al cuerpo de cocina.

5. Por último, el General determinó que el instrumento de ejecución denominado guillotina sería utilizado en otros menesteres y en el cumplimiento de sentencias menores.

Villa, después de haber dictado las anteriores disposiciones a su secretario, dio por terminado el consejo. Hizo saber por escrito el resultado de su dictamen y felicitó al capitán Belmonte por su nuevo nombramiento. Feliciano y Álvarez se quedaron sentados en los banquillos sin saber qué hacer. Belmonte, quién sabe por qué escondido y profundo rencor, los miró con desprecio y se retiró para reportarse con los superiores de su nueva brigada. Feliciano en un principio no entendió del todo las resoluciones que se referían a su incorporación al cuerpo de cocina. No tardó mucho en comprenderlo cuando el gordo Bonifacio, tipo gigantesco con vientre descomunal y que fungía como sargento a cargo de la cocina, les ordenó que fueran a cortar leña y a sacrificar y destazar los cabritos para la comida.

Velasco vivió uno de los momentos más tristes de su existencia. La fugaz gloria, obtenida en brillantes y espectaculares ejecuciones, se desvanecía por culpa de un ligero error de mantenimiento. Su creación, su logro portentoso, ya no cortaría las nucas de los enemigos de la Revolución. Ahora tendría que cortar la leña y decapitar cabritos, reses, puercos y gallinas.

La guillotina fue colocada en un lugar distante del campamento. Como si estuviese en el rincón de los castigos. Cuando era necesario viajar, la guillotina era transportada en una carroza por mulas, donde se maltrataba, despostillándose los maderos. Si la jornada se realizaba en ferrocarril no la guardaban en un vagón cubierto: la mandaban en los furgones abiertos, junto con el carbón, los sacos de maíz y los prisioneros de guerra. Al llegar a las estaciones era el último objeto que descargaban y, a pesar de ello, levantaba exclamaciones de admiración entre los que la contemplaban por primera vez. La guillotina se hizo parte del decorado villista, pero una parte banal, cotidiana.

Los miembros del ejército revolucionario se acostumbraron demasiado a ella y la utilizaron para actividades comunes y corrientes: cortar telas, partir sandías, romper cajas fuertes (Velasco sufría al ver cómo el filo de la cuchilla se mellaba en cada golpe), jugar apuestas (algunos valientes apostaban a poner la mano y quitarla antes de que cayera la cuchilla; cabe mencionar que uno solo ganó la apuesta y los demás fueron conocidos como «los manita rota»), practicar al tiro al blanco (colocaban botellas de tequila encima del travesaño y les disparaban, con tan buena suerte que las vigas quedaron llenas de hoyos, como si tuvieran sarampión).

Algunos más temerarios se sentaban en la base a echar novia, desafiando la posibilidad de un percance. El colmo fue cuando a alguien se le ocurrió desmontar la cuchilla para colgar entre los postes un columpio.

Velasco resistió las humillaciones que sufría su creación y que él sentía como si fuesen a él mismo. Varias noches lloró desconsolado, con tal sentimiento que hasta Álvarez se compadeció de él. En largos, largos meses no se llevó a cabo ninguna ejecución que no fuera la de una vaca, una chiva o treinta gallinas juntas.

Feliciano y Álvarez tenían que despertarse antes de que despuntara el alba. Partían primero la leña, la acomodaban con cuidado y esperaban a que llegaran las mujeres que preparaban el café a recogerla. Después decapitaban uno o dos puercos, unos cuatro chivos, unas gallinas y si había suerte una vaca. Destazaban los animales y cortaban la carne (Álvarez llegó a tal grado de destreza que hacía cortes de bisteces). Al mediodía y en la noche repetían la misma faena.

Una mañana en la que apenas asomaba el sol, Velasco, que en ese momento se encontraba descabezando un marrano que chillaba y pataleaba enfurecido, escuchó a sus espaldas una voz femenina, ronca y áspera.

—Cabo Velasco —le llamó la mujer. Feliciano, sin voltear siquiera y luchando aún con el puerco, señaló rápidamente con la mano izquierda.

—La leña para el café está lista, ya pueden recogerla.

Velasco pudo por fin tener quieto al chancho, tiró del cordón, cayó la cuchilla y el animal expelió su último «oinc». Pronto corrió por un balde para recoger la sangre, necesaria para preparar los guisos de moronga que tanto le gustaban a Rodolfo Fierro. Feliciano no había atendido a la mujer, ni se había fijado en ella.

—Cabo Velasco —repitió la voz femenina.

—¿Qué? —preguntó exasperado Feliciano esperando encontrar como interlocutora a una de tantas soldaderas, pero su mirada se topó con una mujer alta, delgada y morena, de bonitas facciones y ojos canela, vestida con un largo blusón kaki y una falda color verde botella. Remataba su cabeza un sombrero tejano y en su pecho se cruzaban un par de cartucheras con balas calibre 44.

—Me mandó para acá el general Toribio Ortega porque necesito «rancho» para unas gentes que vienen conmigo.

Velasco la observó extrañado. En todo el trayecto que había recorrido con las fuerzas revolucionarias no se había encontrado con una mujer así.

—Si quiere desayuno ahí puede usted cocinarlo —dijo Feliciano altanero a la vez que señalaba el fogón.

—Mire amiguito —dijo la mujer con un tono de voz que Velasco sólo le había escuchado a Villa—. Vengo de romperme la madre contra todo un regimiento de federales y las cosas han estado tan color de hormiga que no me he podido bajar del caballo en tres días, así que no estoy ni de tantito humor para aguantar sus payasadas... o me da lo que le pido o ahora mismo le sorrajo un plomo entre pestaña y pestaña...

Velasco, lejos de amilanarse, se puso más rejego. Él podía soportar muchas cosas pero su paciencia y su ánimo no toleraban las malas maneras de una muchacha malcriada.

—Mira amiguita —dijo Feliciano con un tono de voz que sólo antes le había escuchado a Villa— o se comporta usted de acuerdo con lo que las normas de la moral mandan o yo me encargo de que siga usted la misma suerte que este marrano.

La muchacha sonrió maliciosa, sacó una pistola Colt que traía escondida en su blusón y le disparó un balazo a Feliciano, rozándole el tacón de su bota.

—Ya le dije que no estoy para vaciladas. ¿Entonces qué? O sí o sí...

Feliciano, más calmado en sus ímpetus, pero igual de furioso, reclamó:

—Ni crea que con eso me va a asustar... —no había terminado de hablar cuando una nueva bala se incrustó en el tacón de su otra bota.

—Vieja jija... —gritó Velasco.

La mujer alzó su arma hasta el pecho del hombre.

—La próxima le atraviesa el corazón...

Feliciano no se acobardó: él le tenía miedo a los entes masculinos, pero nunca a los femeninos.

—Aparte de que sé que no se va a atrever, déjeme aclararle que aquí mi función es la de carnicero y que nada tengo que ver con lo de la cocinada.

—Ahh —exclamó ella— se hace usted el muy machito, ¿qué le hace creer que no lo voy a matar?

—En primer lugar usted no lo haría porque es una mujer y en segunda, porque mi compañero que está a unos cuantos pasos detrás de usted le va a meter una bala de 30-30 en la mera maceta si no baja usted su pistola en diez segundos.

—No se haga el chistosito que ese truco es muy viejo y ya me lo sé —dijo ella cuando de pronto escuchó a sus espaldas el «clack» que producen las carabinas Winchester al cargarse.

—No se mueva —gritó Álvarez— que me la quiebro.

(Eso de «me la quiebro» se lo escuchó decir a Fierro a un federal enemigo, y desde entonces esperaba la oportunidad para sacarlo a relucir, sólo que Álvarez se ilusionaba con decírselo a un general contrario, no a una desquiciada en faldas.)

Lentamente la mujer fue bajando su arma.

—Tírela —ordenó Velasco.

—Eso sí que no —replicó ella—. Esta pistola me la regaló Lucio Blanco y no voy a dejar que se le melle el cañón nomás porque a usted le da la gana.

—Entonces guárdela.

—Eso mero está mejor.

La mujer enfundó la Colt. Álvarez bajó el rifle.

—Bueno... bueno... —continuó la mujer— para qué tanto barullo si los dos peleamos del mismo bando.

—Usted fue la que empezó de respondona y bravera —dijo Velasco.

—Es que no dormir me pone de malas... mejor ahí muere... ¿amigos?

—Amigos —dijo Velasco y se dieron la mano, la de ella fuerte y callosa, la de él regordeta y débil.

—A todo esto ¿y mi comida?

—¿Vamos a empezar de vuelta?

Llevaron Álvarez y Feliciano a la mujer con el sargento Bonifacio, quien era el verdadero encargado de repartir los «ranchos». Al verse el gordo y la mujer gritaron de júbilo y se abrazaron.

—Bonifacio, panzón desgraciado, ¿dónde te habías metido?

—Pos acá, con Villa ¿y tú condenada Belem?

—Ya sabes, a veces por Tamaulipas, otras por Nuevo León, Chihuahua, Coahuila, por donde sea hay que ir a tupirle a los pelones.

—¿Te nos haces villista?

—Por ahora sí.

—Con que se llama Belem —pensó Velasco mientras contemplaba el delicioso cuerpo de la dama.

—¿Y cómo viniste a dar por estos lares? —preguntó Bonifacio.

—Ya me tenía cansado un tenientillo federal que se sentía amo y señor de Matehuala y le fui a dar su merecido, lo dejé más agujerado que un alfiletero de tanta bala que le metí, y como lo que hice le dio mucho coraje a los colorados me aventaron todo un regimiento.

—¿De cuántos?

—Como de dos mil soldados.

—¿Y ustedes cuántos eran?

—Cinco... bueno... seis. Nos mataron uno... pero nos escabechamos como a cien.

—¿Ustedes eran cinco mil? ¿De dónde sacaron tantos?

—No bruto, ¿qué no oyes bien?, éramos cinco mugrosos pelagatos y los desgraciados federales nos pegaron chica corretiza.
Feliciano tragó saliva. La mujer que había retado soberbio no era una de las tantas que dócilmente acompañaban a los soldados revolucionarios, era ella misma una rebelde que fácilmente pudo haber dado cuenta de él.

—¿Ya conoces al cabo Velasco? —preguntó Bonifacio—. Él es mi ayudante.

—Sí, nos conocimos —respondió ella—. Ya somos amigos, ¿verdad?

Feliciano asintió.

—Belem —dijo el gordo— es para nosotros toda una leyenda, es famosa entre la tropa y está metida en la bola desde que esto empezó.

—No exageres Bonifacio —replicó ella ruborizándose.

A Velasco le pareció así muy guapa.

—Si no exagero, tus hazañas las conocen todos.

—Unas cuantas —dijo ella con modestia.

Era cierto lo que decía Bonifacio: Belem era una leyenda viviente. Se había enrolado con Madero, después con Lucio Blanco, Carranza, Obregón y ahora Villa. Belem manejaba las armas como el más pintado y era brava como un jaguar acorralado. Con su Colt había despachado al otro mundo a decenas de soldados enemigos. Odiaba acérrimamente a Porfirio Díaz y mucho más a Victoriano Huerta (no podía ser perfecta, pensó Feliciano). Todos se enamoraban de ella. De su cuerpo delgado y atlético emanaba una dulzura recóndita, en sus ojos acanelados se adivinaba un mirar lánguido de hembra cariñosa y llamaba la atención sobremanera su porte erguido de reina del desierto. Pero Belem no se enamoraba de nadie porque el amor y la guerra le parecían conceptos incompatibles; ello no impedía que de vez en vez le «diera gusto al cuerpo» —como decía ella— y se acostase con un hombre de su elección, no importando si era soldado raso o general, pero siempre y cuando le pareciese un tipo interesante.

Feliciano no fue la excepción y se enamoró de Belem. Ella rara vez se acercaba al área de la cocina y Feliciano se contentaba con mirarla desde lejos con sus prismáticos (más se contentaba cuando la veía bañarse en un jagüey cercano). Se encelaba al ver a los oficiales de más alto rango pretenderla, pero se alegraba cuando ella los rechazaba desdeñosa y altiva. Francisco Villa le tenía una gran estimación y constantemente la invitaba a su mesa a comer; sin embargo el general no tenía interés en seducirla. En alguna ocasión habían hecho el amor cuando ambos combatían bajo el mando de Madero y de su pasión extinguida había surgido una buena y firme amistad.

Poco a poco la Revolución iba conquistando el total de los territorios del norte y el ejército villista ya no participaba con constancia en acciones bélicas. Las batallas disminuyeron y sólo de vez en cuando los revolucionarios se batían en pequeñas escaramuzas y esporádicas trifulcas. Belem aprovechaba estos encuentros para ir a pelear y siempre sus compañeros regresaban admirados de su valor y su coraje. No había ocasión en que Belem no regresara con una hazaña más a su cuenta y que enriquecía el vasto caudal de su leyenda. Feliciano, orgulloso de su amada, escuchaba embelesado («embelemsado», le decía en broma Álvarez) hasta los más mínimos detalles de estas hazañas.

En este periodo de relativa calma, Feliciano, después de matar la última gallina, se sentaba arriba de una piedra, lejos de los demás, a escribirle poemas a Belem. Los transcribía en unas hojas sueltas de color amarillo y los guardaba en un sobre manila que iba a esconder debajo de la colchoneta de su catre (vestigio de los antiguos privilegios de que gozó al principio). Un día Álvarez, persiguiendo una cucaracha, levantó accidentalmente la colchoneta de su jefe. De inmediato le llamó la atención el sobre ahí oculto. Lo abrió con cuidado y sacó las hojas amarillentas donde estaban escritos unos renglones con trémula caligrafía. Los leyó con ansiosa curiosidad, esperando encontrar alguna información militar secreta o los datos de alguna misión de espionaje o el diseño de un nuevo invento de Velasco. Nunca imaginó que Feliciano era un poeta anónimo y fervoroso. Apenas pudo contener las carcajadas: los versos, además de cursis y malísimos, revelaban a un hombre sensible, apasionado y muy ridículo.

Decidió Álvarez jugarle una broma a su superior. Envolvió los poemas en un paliacate, los amarró con un cordón de lino y enganchó en el paquete una pequeña nota que decía: «Para ti Belem de Feliciano Velasco y Borbolla de la Fuente, tu más ferviente admirador» y los fue a depositar a la tienda de campaña de la muchacha, con la certeza de que cuando los leyera iría a balear de inmediato a Velasco.

Esa tarde llegó Feliciano a buscar su tesoro de palabra y sentimiento y al no hallarlos explotó entre furioso y avergonzado. Le habían hurtado lo más íntimo que poseía y juró que las pagarían caras los ejecutores de tamaño atrevimiento.

Belem, ángel de la luz divina,
tu cuerpo quisiera ver en tina,
para saborear tus carnes de ondina
y llenar de besos tus ojos de opalina

Belem terminó de leer el último verso y de sus mejillas resbaló una lágrima gruesa y pesada que fue a expandirse sobre el papel.

No lloraba de risa, como lo esperaba Álvarez, sino de emoción. Nunca antes nadie le había escrito algo (algo, lo que se dice algo, ya no se diga si este algo era bello o espantoso). Los poemas de Feliciano le habían calado en lo más hondo. Con su lectura Belem sintió que sus huesos magullados por el trajín de la guerra, eran suavizados y acariciados por cada una de las palabras que entraban por sus ojos. Su ser entero se cimbró ante la sintaxis apasionada de su admirador. Tomó una pluma, la empapó con tinta y escribió en un pequeño pedazo de cartón: «Feliciano querido, jamás había leído algo así, gracias. Te espero hoy a las nueve de la noche en mi tienda. Tuya, Belem».

Anochecía. Sobre el horizonte plano y basto crecía la luminosidad de la luna. Velasco, todavía alebrestado, terminaba de destazar un buey enorme. Refunfuñaba a cada rato. Álvarez gozaba con el enojo de Feliciano. Su mirada, más vivaz que de costumbre, recorría divertida las expresiones de berrinche de su jefe. De pronto, de entre las sombras, surgió Belem con su caminar de venada. No se distinguía su cara, pero por el tono de su voz se percibía que venía ruborizada.

—Feliciano, ten —dijo la muchacha y le extendió a Velasco la nota.

—¿Y esto? —preguntó estupefacto el chaparro.

No tuvo respuesta. Belem se sumergió de nuevo entre las sombras. Feliciano contempló cómo la grácil silueta de su amada, débilmente iluminada por el opaco halo de la luna, se alejaba muda por la vereda. Feliciano corrió presuroso a la fogata más próxima. Deshizo los múltiples pliegues en que Belem había doblado el cartoncillo y empezó a leer estremecido. Repasó las breves líneas una y otra vez para cerciorarse de que lo que decían era cierto. Al terminar se llevó el cartón al pecho y empezó a brincar como cabra de monte. Álvarez, con un dejo de evidente fracaso en su mirada, contempló desilusionado el resultado de su broma fallida: era ahora un celestino consumado.

Un viento tenue pero constante empezó a refrescar la noche. El frío se escurría por entre los resquicios de los abrigos obligando a la gente a taparse con sarapes. A Velasco le tenía sin cuidado el clima y completamente en cueros se bañaba a cubetazos de agua helada. Tarareaba con gusto «Adiós mamá Carlota» y se paseaba el jabón por todo el cuerpo con verdadero placer. En su mente bailoteaban las imágenes voluptuosas que no tardaría en experimentar con Belem, su amada Belem. «Bendito el que le llevó mis poemas», pensó sin imaginar siquiera que el autor de la ex fechoría era ni más ni menos que Juan Álvarez.

Terminó de bañarse y se rasuró con una vieja navaja que le prestó el peluquero de la tropa. Se peinó con cuidado los pocos pelos que le brotaban de la calva. Se vació tres centavos de loción perfumada que le compró al gordo Bonifacio. Se puso los pantalones más limpios que encontró y se calzó unas botas recién lustradas. Todo arregladito él salió a cumplir con su cita como todo un caballero.

A las nueve de la noche dormían casi todos los de la tropa. Eran pocos los días en que se podía descansar a pierna suelta y para aprovecharlos había que recogerse temprano. A lo lejos se escuchaban gritos destemplados de los que habían aprovechado para ir a jugar a los gallos en un improvisado palenque de lona. En el camino Feliciano se topó con algunas parejas que bien arrumacadas dejaban escapar el tronido de sus besos. En las más apasionadas se podía adivinar el aliento jadeante de quienes disfrutaban del eterno vaivén amoroso. La presencia de los tórtolos infló en Feliciano el afán romántico que arrastraba desde que leyó la nota. Llegó a la tienda de Belem y con delicadeza rasguñó la tela. La muchacha asomó la cabeza: «Pásale», le dijo. Muy ceremonioso entró Feliciano, feliz de que ella lo hubiese tuteado. Belem, serena, le miró con cierta ternura. Él le tomó una de sus manos y se la besó. Los dedos femeninos se revolvieron inquietos: no estaban acostumbrados a esas sutilezas. Belem dio un paso hacia atrás. Feliciano la contempló admirado: estaba más bella que nunca. Se había soltado el cabello que le caía hasta los hombros. Sus ojos color canela refulgían con un mirar más profundo que de costumbre. Sus facciones finas y simétricas de raza añeja resaltaban seductoras a la luz de la vela. No parecía así la guerrillera implacable capaz de dormir en el monte sin abrigo, de pasar noches enteras en ancas de un caballo huyendo del enemigo y de matar con frialdad hombres tan fieros como ella.

—Me gustaron tus versos —dijo Belem en tono bronco.

—¿De verdad?

—Si no, no estarías aquí.

Un largo silencio se produjo entre ambos. Ella se notaba tensa.

—No me gusta estar así, nerviosa... Es la primera vez que me pasa.

Velasco sintió que se le encogía el estómago.

—¿Eres virgen? —preguntó titubeante.

Belem lo miró con desdén.

—No chaparrito, no te me sientas mal por lo que te voy a decir pero yo ya perdí la cuenta de con cuántos me he acostado, sólo que contigo estoy de nervios.

Velasco, desilusionado por la franqueza casi grosera de Belem, pero con la seguridad de que no podía permitir que se creara entre ellos un nuevo silencio, preguntó:

—¿Nerviosa? ¿Por qué?

—No lo sé bien a bien, pero yo creo que es porque tienes casi la edad de mi papá.

Feliciano, que hasta ese momento se había sentido como un bardo romántico y galante, soltó el aire que tanto tiempo había mantenido para meter la barriga.

—¿Cómo?

—Ya hombre, qué importa eso, lo ruco te lo paso, lo que importa es que me gustas tú y tus versos y que me muero de ganas de estar ahí metida contigo —dijo Belem señalando su catre.

Feliciano se quedó atónito. No podía creer que de la hermosísima presencia femenina que tenía enfrente saliera un caudal de tan directa sinceridad, digna del hombre más recio.

Sin pena Belem se empezó a desabotonar la blusa. Feliciano —recatado— volvió su mirada hacia un lado.

—¿Qué no te gusto? —preguntó indignada Belem.

Velasco asintió de inmediato.

—¿Entonces por qué no me quieres ver?

Velasco tornó sus ojos despacito y se encontró de frente con un tesoro de piel dividido en dos partes iguales que apuntaban directamente hacia él. Feliciano sintió que un conejo desenfrenado empezaba a correr por su bajo vientre.

Belem sonrió y se empezó a despojar de su falda. Quedó totalmente desnuda. Con la escasa luz lunar que se trasminaba por la delgada tela de la tienda, Feliciano pudo contemplar el cuerpo perfecto de la mujer. Su corazón se agitaba como pescado recién sacado del agua. Sus ojos codiciosos no atinaban a detenerse en ningún lugar específico de la sinuosa figura. El cuello, la espalda, las piernas, las caderas, los senos, uuuuff, todo era parte de una excitante ruta visual.

—Tranquilito Feliciano, tranquilito... —murmuraba el pobre chaparro cuyo cuerpo se estremecía a causa del golpe hormonal.

—¿Estás rezando? —preguntó ella.

—No, no, no.

—¿Entonces?

—Que te adoro.

—No es cierto —replicó ella—. Estás ahí parado sin hacer nada.

—Es por la puritita emoción.

—¿Nunca habías visto a una mujer desnuda?

—Mujeres... muchas... nunca una reina...

Belem caminó hacia él y lo abrazó con ternura.

—Por eso te quiero aquí chaparrito, por como dices las cosas.

Feliciano cerró los ojos, la abrazó también y poquito a poquito fue deslizando su mano por la espalda de Belem hasta que llegó a un punto más curveado y voluminoso que el resto. «La meta» —pensó—. Belem lo besó en la boca, una y otra y otra y otra vez.

Feliciano abrazaba a Belem feliz. Ella, extrañamente dócil, recargaba su cabeza en el pecho de su compañero. Platicaban.

—¿Por qué estás metida en esto? —preguntó él.

Ella alzó su cabeza bruscamente.

—Esa suena a pregunta para puta de burdel —farfulló irritada y continuó—; ¿por qué a las mujeres que no estamos casadas, rodeadas de escuincles y con el cuerpo hecho una bola de grasa, los hombres nos hacen preguntas tan pendejas?

Feliciano, un tanto avergonzado, trató de componer el asunto.

—Es que... no sé... tú te ves de buena familia y no es muy normal encontrarse a una mujer en esto de la guerra...

—¿Y las soldaderas qué? —increpó ella con bravura femenina y solidaria.

—Ellas son otra cosa, ¿me entiendes?

—No.

—Sirven como acompañantes... cocinar... lavar...

—A más de una he visto rajarse el hocico a punta de balazos contra los federales.

—Cuando hace falta sí.

—Y cuando no al metate y al petate ¿o, no?

—Pues sí.

—Le doy gracias no sé a qué o a quién de que me haya tocado vivir la Revolución. Yo no sé qué otra cosa hubiera podido ser, porque eso sí, ni loca hubiera sido esposa venerable ni puta baratera, que para mí son exactamente lo mismo.

—Por favor, Belem, no digas esas cosas.

—Yo no me imagino —continuó ella sin atender al reclamo de Feliciano— sentada en una silla cosiendo chambritas, cuidando chamacos, esperando al maridito a comer y teniendo como máxima diversión los bazares para obras de caridad.

—Resulta que eres una feminista de esas que andan por la calle pregonando el sufragio equitativo.

—La verdad Feli que eso me vale madres, a mí que las demás viejas se arreglen como puedan. A mí, lo que me importa es hacer lo que me cuadre y cuando me cuadre, lo otro me tiene sin cuidado.

—Eso no está bien Belem, hay principios, moral.

—Moral... no seas cínico... que eso no creo que te importe mucho, porque mira a tu edad y aquí estás metidazo chupándome por arriba y agarrándome por abajo.

Feliciano se ruborizó del todo.

—Por favor Belem.

—No te las des de santo, chaparrín, que no te queda.

—Yo lo hice por amor.

Al oír esto Belem abrió sus ojos sorprendida.

—¿De verdad?

—De verdad.

Ella se quedó pensativa un rato.

—Yo no... te soy sincera... yo no lo hice por amor, pero me dio mucho gusto coger contigo.

Velasco sintió que se lo tragaba completito la tierra.

—¿No estás enamorada de mí?

—No.

—¿Ni un poquito?

—Quizá un poquito sí, pero yo creo que se me pasa mañana.

Las palabras de la mujer se incrustaban en el corazón de Feliciano como una daga envenenada.

—Entonces, lo que acaba de pasar...

—Tú lo has dicho: «acaba de pasar»... ya se fue.

—Pero aquí estás desnuda junto a mí.

—Ya te dije que no eras el primero ni serías el último.

—El último sí.

—A poco —dijo ella burlona.

—No me importa tu pasado pero sí tu futuro, porque de ahora en adelante todo va a cambiar.

—Ahhhh sí...

—Sí —contestó él rotundo.

—¿Cómo?

—Mañana mismo me arranco al primer pueblo que encuentre y me traigo al cura para que nos case.

—Chaparrín, tú no entiendes nada de nada.

—Sí lo entiendo.

—No, no lo entiendes.

—Que sí...

Belem puso su dedo índice en los labios de él.

—Ya hay que dejarnos de tanto güiri-güiri, que no vamos a llegar a ninguna parte, mejor a lo que nos truje....

Volvieron a hacer el amor. Feliciano lo hizo con un nudo en la garganta.

A la mañana siguiente Feliciano se despertó temprano. Sigiloso y silencioso se vistió para no perturbar el sueño de Belem. A pesar del acre y desilusionante diálogo que había sostenido con su amada no se sintió derrotado. «Paciencia, amor y trato —pensó— es lo único que va a hacer falta».

De puntillas salió de la tienda.

Todavía no tocaba el clarín las primeras notas del día por lo que Feliciano pudo escurrirse por el campamento sin que nadie descubriera en dónde había pasado la noche. Llegó hasta donde se encontraba Álvarez afilando la cuchilla de la guillotina.

—Buenos días licenciado, trae usted muy buena cara —bromeó Álvarez.

Feliciano no respondió.

—Se ve que pasó usted muy dulces sueños porque ahora sí no lo oí roncar.

—Ya basta —ordenó Feliciano— que usted mejor que nadie sabe dónde anduve anoche.

—Donde a todo regimiento le hubiera gustado estar.

—No sea irrespetuoso que está hablando del honor de mi amada —gritó encabrestado Velasco.

Álvarez optó por callarse. Sabía que su jefe era muy sensible a ese respecto. Empezaron a decapitar chivos, de tres en tres para ahorrarse tiempo. La cuchilla casi le arranca el brazo a Feliciano que distraído lo metió en la base cuando Álvarez ya había jalado del cordón. Estaba pensando en Belem y cómo domarla.

Como a las diez de la mañana, cuando ya casi acababan con las caprinas ejecuciones, llegó hasta ellos un soldado raso.

—¿El cabo Velasco?

—El mismo —contestó Feliciano.

El soldado se cuadró ante él.

ESCUADRÓN GUILLOTINA

—Le traigo un mensaje escrito mi cabo.

—Démelo por favor.

El soldado le entregó una pequeña nota escrita en papel estraza. Venía de Belem. Con una seña de su cabeza Feliciano le ordenó al soldado que se retirara. Emocionado empezó a leer: «Seguro que Belem se arrepintió de lo de ayer y me manda a decir que se casa ahora mismo conmigo», pensó, pero no era así: los renglones decían:

Feliciano, te agradezco lo de anoche y sobre todo las cosas tan bonitas que me escribiste y que de ahora en adelante voy a llevar siempre conmigo en el corazón. Te quiero y no te voy a olvidar. Espero que lo que te dije no te haya lastimado pero así soy de derecha y no pienso cambiar nunca. De seguro que tuve un antepasado gitano que me heredó el gusto por lo errante, por eso hoy me voy para otros lares, a pelear, que es lo mío, a vivir de verdad, que es lo que me importa. Prefiero dejar la zalea en un oscuro campo de batalla que en el más iluminado lecho matrimonial. Me tiene sin cuidado la posibilidad de que me maten a balazos, pero me aterra el poder morirme de aburrición. Espero que me comprendas y si no, ni modo, nada se va a poder hacer. No te digo adiós porque arrieros somos y en el camino andamos. Hasta pronto pues. Cuídate mucho.

Te mando un beso como los de anoche, Belem.

Al terminar de leer Feliciano salió disparado rumbo a la tienda de Belem. Ya no había nada. Desesperado empezó a preguntar en las tiendas vecinas.

—¿Y Belem? ¿Dónde está Belem?

—Se fue desde muy temprano, apenas amaneció —le dijo un sargento que andaba por ahí.

—Pero ¿a dónde? —preguntó desesperado Velasco.

—No lo sé —obtuvo como respuesta.

El resto del día Feliciano se dedicó a seguir las huellas de su amada, pero la búsqueda fue en vano. A la reina del desierto, la de los ojos canela, se la había llevado el viento.

La partida de Belem le dolió a Feliciano en lo más profundo. Era el suyo un dolor contundente que se le vaciaba en todas las esquinas de su ser. No sólo estaba herido en su orgullo propio, como suele suceder en la mayoría de las desilusiones amorosas, sino que también se había lastimado el pequeño haz de luz que esta relación significaba en el rescate de sí mismo. Desde el incidente de Zacatecas, Feliciano sintió que empezaba a naufragar. Había crecido desde niño con la idea de ser alguien importante y sobre todo un hombre de sociedad. Ahora no pasaba de ser el penúltimo ayudante de cocina (para su fortuna Álvarez se encontraba abajo de él, si no hubiera obtenido el título del «más pinche de los pinches»), enrolado en un ejército compuesto por miembros contrarios a su clase social —gente que él había visto desde lejos pero con la cual ahora tenía que convivir y hasta sentarse en su misma mesa— que sustentaba principios opuestos a sus creencias. Durante la estancia de Belem en el campamento villista se sintió renovado. Se bañaba a diario, se ponía sus mejores trajes, se perfumaba y tenía el ánimo suficiente para creer que tiempos pasados volverían. Pero ahora que ella se había ido todo quedaba en lo mismo: la rutina machacosa de partir pescuezos de animales, sufrir burlas inmisericordes de sus compañeros de armas, soportar las travesuras infantiles y pesadas de Álvarez (como el día en que llenó de alacranes sus botas), aguantar a pleno rayo del sol caminatas sin fin, ser marginado y ninguneado. Todo ello lo remitió a la contemplación de su ruina: decaía él junto con todo su mundo de rococó y pipiriguante: ambos se desmoronaban en pedazos cada vez más pequeños. Se imponía un orden nuevo que Velasco no podía ni quería comprender. «Es la mía —pensaba— una situación triste y desastrosa».

Para consolarse Feliciano se dedicó por completo a la guillotina. Era su creación, el aliento de su vida, el eje de sus acciones desde mucho tiempo atrás. Con amoroso cuidado retocaba las partes más maltratadas. Con resina de mezquite, la única que se podía conseguir por aquellos rumbos, intentaba, en vano, resanar las vigas astilladas. Con una piedra de río, cántaro partido a la mitad, afilaba minucioso la cuchilla. Con manteca de cerdo, a falta de aceite que se prefería para el mantenimiento de las armas, engrasaba los ya rechinantes mecanismos de las poleas. Asimismo limpiaba a diario los carriles donde se deslizaba la cuchilla para evitar que se acumulara el polvo y la sangre. El resultado de ello era que la guillotina funcionaba sin falla alguna, sin importar el tamaño del animal u objeto que partir. Incluso los troncos de árbol que con hacha era casi imposible quebrarlos caían partidos en dos con facilidad.

Una tarde el coronel Rojas y el sargento Ortiz, sin proponérselo, observaron cómo desarrollaban su trabajo Álvarez y Velasco. Notaron su manejo diestro del aparato y cómo éste no se trababa ni una vez. La plancha de hierro se deslizaba cortando con suavidad todo lo que se le interponía. Al día siguiente volvió el coronel Rojas, ahora acompañado del general Felipe Ángeles, a examinar el trabajo de los miembros del «Escuadrón Guillotina de Torreón» y de nuevo observó una labor impecable.

Los dos supervisores estuvieron ahí durante horas. Al terminar, el general Ángeles fue a ver a Villa. Le dijo lo que acababa de observar y sugería que a Velasco y su invento se les diera una nueva oportunidad. Villa, que casi se había olvidado el para qué servía la guillotina (él mismo la había utilizado para cortar hogazas de pan), decidió brindar la oportunidad. Claro, no se arriesgaría a caer en el ridículo de nuevo: permitiría la realización de una ejecución menor como prueba (la cual se llevaría a cabo inmediatamente después de la ejecución de las gallinas) a escondidas, sin nada de fiestas, desfiles, ni mucho menos cámaras de cine.

Desde la toma de Torreón había seguido a la División del Norte un gringo desgarbado y viejo. Era flaco y alto, con el rostro surcado de arrugas en el cual llameaban unos ojos de azul intenso. Se dedicaba a tomar apuntes y fotografías. Le gustaba mucho platicar con los soldados pero nunca con los oficiales de alto rango, cuya presencia incluso rehuía. Hablaba español, no mucho, pero sí el suficiente para darse a entender. Se vestía de negro y poco se arreglaba, con los cabellos despeinados y la ropa sucia. No parecía importarle ni eso ni nada. No se sabía de dónde venía ni qué quería ni el porqué iba detrás de la bola. De vez en cuando se sentaba solo en alguna cantina y se ponía a tomar hasta bien avanzada la madrugada. De ahí salía completamente borracho, pero hacía esfuerzos por que no se le notara. Él mismo se preparaba la comida: unos cuantos frijoles con tortillas de maíz, y nunca aceptó de nadie una invitación a almorzar o cenar. Vivía en una pequeña tienda de campaña, de algodón muy ligero, la cual colocaba siempre a prudente distancia del campamento. Después de las batallas le gustaba deambular por entre los muertos. Contemplaba durante horas los rostros descompuestos de los cadáveres, los fotografiaba, escribía algunas notas y regresaba cabizbajo a su tienda. No le gustaba que le dijeran gringo y en alguna ocasión se le oyó decir que le daba una tristeza inmensa no haber nacido mexicano. Se le toleraba entre las huestes villistas porque se le consideraba inofensivo, viejo y loco.

No haremos aquí un recuento de los sucesos históricos que se presentaron en los meses finales del año de 1914, pero resaltaremos que a partir de una serie de divergencias de personalidad y estilo el general Villa rompió con Venustiano Carranza, primer jefe del ejército constitucionalista. Esta división entre revoluciona-rios debilitó seriamente al movimiento insurgente y provocó gran-des conflictos a la nación. De nuevo se produjeron combates y mayores derramamientos de sangre. Era de esperarse: los revo-lucionarios tenían poco que ver entre sí, obedecían a distintas concepciones del mundo y la vida. Casi nada tenían en común Villa y Carranza, Obregón y Zapata, por sólo mencionar a los prin-cipales jefes.

Después de la ruptura y para dar una probadita de su fuerza, Villa se presentó en Aguascalientes, seguido por todos sus hom-bres y a la brava entró a la plaza. Pretextando buscar alimentos Vi-lla se apoderó de la ciudad, en aquel entonces centro político del país, puesto que ahí se desarrollaba la convención de las diversas facciones revolucionarias. Eso sucedió el día 2 de noviembre.

En la madrugada del día 3, mientras Villa dormía, unos desco-nocidos dispararon contra su vagón. Los impactos de bala destro-zaron los vidrios y dañaron el decorado pero no hirieron ni mataron a nadie. La guardia de Villa repelió de inmediato el ata-que, pero los agresores, aprovechando la negrura de la noche sin luna, huyeron sin dejar rastro alguno.

Al día siguiente se desató la persecución. Había miles de quien sospechar, ya que en la Convención se encontraban bandos de to-dos los colores, algunos de ellos enemigos no declarados de Villa. Se sabía que era imposible dar con los autores del atentado. Sin embargo, Villa tenía que demostrar su enojo y su poder y mandó a fusilar a los primeros veinte paisanos que se encontró. Lo hizo os-tensiblemente, amenazante, con saña, para advertir a todos de la magnitud de su furia.

Pasaron los días y una tarde, por mera casualidad, un soldado se encontró con las notas del gringo. Se las llevó al coronel González quien las revisó. González descubrió que en ellas se encontraban perfectamente detalladas, una a una, las actividades diarias del general Villa. Dónde dormía, dónde comía, cómo se vestía, qué decía, qué dinero gastaba, con quién hablaba, etcétera... De inmediato se relacionó al gringo con el atentado. No había duda: él era el espía que había dado a los asesinos el plan para acabar con Villa. Al saberlo el general quiso mandarlo a ahorcar en el mismísimo teatro Morelos, sede de la Convención de Aguascalientes, pero voces prudentes le aconsejaron que lo matara a escondidas, en una ejecución discreta para evitar así un escándalo internacional. El Centauro del Norte dispuso que se capturara al gringo. Por la noche treinta hombres rodearon la pequeña tienda donde dormía el gringo y silenciosamente lo hicieron preso. El gringo no dijo nada y se dejó llevar. Lo presentaron ante Villa que furioso quiso comérselo vivo en ese instante. El gringo le preguntó el porqué de su actitud y Villa casi lo mata, porque nadie jamás podía preguntarle el porqué de sus acciones. El coronel González le hizo saber de qué se le acusaba: de haber participado en el intento de asesinato al jefe de la División del Norte y de colaborar con oscuras fuerzas extranjeras. El gringo se limitó a decir que él jamás traicionaría a Villa ni a la Revolución mexicana y que mucho menos colaboraría con sus pinches compatriotas. De nada valieron sus argumentos. Se le sentenció a muerte. Fue al coronel Rojas a quien se le ocurrió que era la víctima perfecta para reinaugurar las ejecuciones con la guillotina. Así fue. Feliciano acababa de destazar un cerdo cuando llegó hasta él un soldado.

—Cabo Velasco me permito informarle que en unos minutos traerán un prisionero para ser ejecutado.

—¿Lo van a fusilar? —preguntó Feliciano sin pensar.

—No señor, vamos a usar eso —dijo el soldado señalando la guillotina.

En los ojos de Feliciano se escurrió un brillo de alegría. A lo lejos vio venir al condenado a muerte acompañado por otro par de soldados. Iba a ser una ejecución discreta, con apenas tres testigos. Atrás quedaban los gloriosos días en que los ajusticiamientos eran contemplados por miles de personas. Sin embargo a Velasco no le importó, le hizo feliz poder darle de nuevo a la guillotina una función digna.

Al llegar el gringo saludó con amabilidad.

—Buenos días —dijo.

Velasco se sorprendió ya que pocas veces los condenados tienen humor para las deferencias, pero, hombre educado al fin y al cabo, Feliciano lo recibió con otros «buenos días».

El gringo no se había percatado de la presencia de la guillotina en el campamento villista ya que rara vez se acercaba al área destinada a la cocina. Al verla se asombró.

—¿Una guillotina?

—Sí amigo —le contestó Velasco sin darse cuenta de que quien tenía en frente podía ser, en ese momento, todo menos su amigo.

—¿De verdad?

—De verdad.

Feliciano percibió cierto acento en el prisionero.

—¿Americano?

—Sí.

—Ahh, qué bien.

Velasco recordó que hasta ese día su invento no se había internacionalizado y que el gringo iba a ser el primer extranjero que ejecutaba. El preso rodeó lentamente la guillotina y con verdadero interés observó cada uno de los detalles de su construcción. Velasco, que lo seguía de cerca, comentó presuroso:

—Es de la mejor calidad, está fabricada con madera de nogal, hierro forjado y está garan... bueno, es un gran trabajo.

—Se ve... —le dijo el gringo que maravillado admiraba el instrumento. En la cuchilla aún aparecían vestigios de aquellas pinturas en honor de Pancho Villa y Francisco I. Madero.

—¿Con esto me van a ajusticiar?

—Así es —le respondió uno de los soldados.

El gringo alzó los hombros y dijo «bueno» y otras palabras en inglés. Cerró su puño y con fuerza golpeó las vigas.

—Es resistente —dijo.

—Y desarmable —continuó Velasco muy orondo.

—¿Funcionar bien?

—Absolutamente, casi nunca falla.

En pocas ocasiones, muy contadas, alguien había alabado el trabajo de Velasco. Casi nadie se había detenido en apreciar la calidad de los materiales, en analizar la meticulosa precisión de cada detalle. Por eso a Feliciano le daba cierta tristeza tener que matar al gringo. Pero órdenes eran órdenes y, como decían los estadounidenses, *«the show must go on»*.

Uno de los soldados lo instó a apresurarse:

—El general Villa quiere que se despache rápido el gringo.

—Ya voy, ya voy —le contestó Velasco que en el fondo lamentaba que el americano ya no pudiese alabar más su creación.

—Es diferente a las francesas —dijo súbitamente el prisionero—. Yo las conozco y puedo decirle que esta guillotina es mucho mejor.

Feliciano se volvió hacia él sorprendido. Nadie jamás le había hecho tal reconocimiento. Si no fuera porque era él un hombre recatado se le hubiera abalanzado a besos.

Se le acercó.

—*Do you want to escape?* —le dijo al oído.

—*No, thank you very much* —le contestó el otro que sabía que mejor muerte posible no iba a tener jamás.

Álvarez indicó que el reo tenía derecho a realizar un último deseo. El gringo le solicitó permiso a Velasco para tallar sus iniciales en una de las vigas. El cabo contestó que sería un honor para él y le brindó su propio cuchillo.

El estadounidense talló las iniciales A. B., le devolvió el cuchillo a Velasco y se preparó para el acto final.

El canto de un gallo se escuchaba a lo lejos cuando Feliciano tiró del cordón.

Era madrugada. El cabo Velasco y el soldado Álvarez dormían profundamente. Uno soñaba con grandes inventos, el otro con la última mujer de Villa. Una voz carraspeada y gruesa los despertó:

—Arriba cabrones...

Ninguno de los dos hizo caso. Álvarez siguió soñando con grandes inventos y Velasco con la mujer del general.

—¿Qué no oyen?... A levantarse he dicho.

Feliciano apenas abrió un ojo, reconoció la figura inmensa del gordo Bonifacio y se acomodó de nuevo entre las cobijas.

—Todavía no son las cuatro de la mañana... —alcanzó a decir.

Bonifacio, encabritado, les jaló las cobijas y les aventó un cubetazo de agua. Los dos durmientes pegaron un brinco.

—Ora, jijos del mais... —rugió Bonifacio—... A ver si así se levantan y le van apurando porque nos vamos para México.

Bonifacio salió de la tienda dejando empapados a su par de subordinados. Hacía un frío terrible y el viento soplaba con tal fuerza que las paredes de la tienda se agitaban como si fuesen de papel. Tiritando, Velasco se incorporó y como pudo se empezó a vestir. Fue entonces que cayó en la cuenta de lo que había dicho el gordo: «Nos vamos para México». Feliciano pensó que eso significaba una de dos cosas: la primera que ésta era otra de las locuras de Villa, o bien, el triunfo definitivo de la Revolución. De hecho si Villa tomaba la ciudad de México, por locura o no, es que ya no le faltaba tomar plaza alguna. La rendición de la capital a las dos fuerzas revolucionarias más poderosas y populares, a saber, los villistas y los zapatistas, representaba para ambos contingentes la consecución del poder político y la dominación del país. Unidas ambas facciones presentarían un frente común casi imbatible. Y ahora ¿qué va a pasar?, se preguntó.

Terminó de vestirse. La luna iluminaba tenuemente el campamento y se podía vislumbrar entre las penumbras un agitado ir y venir. Todo el mundo corría. Los soldados levantaban las tiendas y acomodaban los haberes de sus jefes. Las mujeres, presurosas, calentaban un poco de café y freían gorditas. El general Villa, a caballo, recorría el lugar dando órdenes con voz atronadora. El general Ángeles vigilaba quisquilloso, hasta el último detalle, el traslado de la artillería. Rodolfo Fierro, recargado en un furgón, todavía embarrado en él el aroma de una mujer y fresco el tufo del alcohol, simplemente se recortaba las uñas. El cabo Velasco y el soldado Álvarez empacaron rápidamente su tienda. Entre los dos desarmaron la guillotina, la engrasaron y la subieron a un vagón de carga, junto a una tonelada de sacos de frijol, veinte cabras y un chino despistado.

Los convoys empezaron a partir uno a uno. Las locomotoras resoplaban vibrantes: tuuuut... tuuuut... tuuut. Velasco se acomodó en donde pudo y terminó acostado encima de una cabra. El aire helado de la noche le golpeaba el rostro, pero se sentía feliz (de no haber sido por la presencia del chino se hubiese sentido aún más contento).

Su felicidad se debía a que, después de largos años de ausencia, podía por fin regresar a su terruño querido, a su ciudad del alma. Podría volver a visitar a sus amigos. Buscar a su primo Rigoberto. Visitar la tumba de sus padres. Oír misa en Catedral. La ciudad de México no sólo le iba a servir como un ejercicio de nostalgia sino que también le representaba la posibilidad de huir de las garras de Villa. La capital era tan grande y él la conocía tan bien que no le costaría ningún trabajo escapar. Tan pronto como pudiera se largaría a Europa, donde construiría más guillotinas y las vendería por todo el mundo. Montaría su fábrica: «Guillotinas Velasco y Borbolla de la Fuente» y su nombre y su fama recorrerían el planeta entero. Al fin se iba a librar de ese ejército de salvajes.

No eran menos de veinte mil los hombres que decidió trasladar Villa a la capital. Eso provocó que tuviese que movilizar todos los trenes que estaban al servicio de la División del Norte y que eran cerca de dieciocho. Obviamente tal movilización hizo que el viaje fuera lento y pesado, pero a Feliciano no le importó en lo absoluto. Era tal su entusiasmo que estuvo platicando largas horas con el chino, que no hablaba ni jota de español.

El tren en el que venía Velasco fue el último en arribar a la capital. Llegó al filo del mediodía. A lo largo del andén se había formado una hilera interminable de partidarios de Villa que vitoreaban a los recién llegados y quienes, para corresponder al saludo, soltaban balazos al aire.

Era un día fresco y nublado. Amenazaba con llover. Pero en la estación de Tacuba el clima no preocupaba a nadie. Se escuchaba música por todos los rincones. Había bailes, peleas de gallos, mujeres, pocas las bonitas, muy baratas la mayoría.

Velasco descendió del tren y aspiró con fuerza esperando así reencontrar olores familiares (lo único que llegó a su nariz fue la fragancia fermentada del pulque, que corría a borbotones). A lo lejos divisó las edificaciones del centro de la capital enmarcadas por el espectáculo de los dos volcanes. Feliciano emitió un prolongado grito de alegría y abrazó repetidas veces al chino, que sólo atinaba a menear la cabeza de arriba abajo. Los compañeros de armas interpretaron en el gesto de Velasco un verdadero fervor revolucionario y se pusieron a gritar también y a abrazar al chino. Hubo incluso quienes hasta lo besaron.

Ahí en Tacuba, Velasco respiraba también el ambiente de su probable libertad.

Velasco supervisó que el descenso de la guillotina se realizara con sumo cuidado. No quería que el instrumento se fuera a raspar más de lo que ya estaba. Entre el chino y Álvarez descargaron una por una las piezas. De pronto llegó un grupo de soldados y solícitos se pusieron a ayudarles. Con varias manos más la labor se hizo en forma rápida. Quedó lista la máquina y al terminar, uno de los dorados de Villa, ni más ni menos que el temible Chino Banda, se presentó ante Feliciano y le informó que el general Villa deseaba verlo urgentemente.

Fue Feliciano hasta el carro de ferrocarril que servía como habitación y despacho del general Villa. A raíz del atentado en Aguascalientes el vagón estaba fuertemente vigilado y no se permitía el acceso sin permiso a menos de cien metros del mismo. El capitán Julio Belmonte, ahora uno de los dorados de la División del Norte y jefe de seguridad personal del Centauro norteño, era el encargado de ejecutar las severas medidas de protección y sólo a través de él se podían reportar las personas que deseaban entrevistarse con el general.

El cabo Velasco se dirigió a Belmonte, muy a su pesar, porque no soportaba la idea de tenerle que rendir cuentas a su ex empleadillo (y porque tampoco le perdonaba que le hubiese bajado a la periodista gringa).

—Julio —le dijo Velasco a Belmonte— vengo a ver al general, me dijeron que me anda buscando... ¿no le avisas que ya llegué?

El capitán Belmonte lo miró con desprecio.

—En primer lugar, gusano de mierda, nadie te ha autorizado a hablarme de tú. En segundo lugar, cada vez que un cabo se presenta frente a un capitán tiene la obligación de cuadrarse y, en tercera, si vuelves a repetir tu actitud insolente, insubordinada y antirrevolucionaria, te formo consejo de guerra y te mando fusilar. Por último, quiero que sepas que no soy tu mandadero.

A Feliciano se le retorcieron las tripas. Quién sabe qué obsesivos humores tenía Belmonte para actuar tan déspota. Velasco pensaba que por ningún motivo un rango militar podía sobrepasar las claras diferencias sociales entre ambos y que el hacerlo era una verdadera grosería. Él era un aristócrata, un hombre educado y refinado. Belmonte no era más que un pelagatos insulso y lépero, además de malagradecido. Pero se tuvo que aguantar y recibir con la cabeza gacha toda la carretada de improperios que le lanzaba su ex ayudante. Villa no soportaba la indisciplina entre sus tropas y mucho menos las insubordinaciones. Al que no se ajustara a sus reglas lo pasaba de inmediato por las armas.

—Perdón capitán... no se volverá a repetir —dijo Velasco al momento de cuadrarse y continuó—. ¿Sería usted tan atento de informar al general Francisco Villa que he venido expresamente a cumplir con su solicitud?

—Así está mejor gusanito. Espérate mientras se le pide su autorización a mi general.

Belmonte mandó a uno de sus achichincles a dar aviso a Villa y regresó al minuto.

—El general Villa autoriza —manifestó el auxiliar.

—Pásale Gus.

Entró Feliciano al vagón de Villa y se sorprendió del gran lujo en el que vivía el jefe militar. Las paredes estaban recubiertas de terciopelo rojo, casi grana. Del centro colgaba un elegante candil francés que vestía la habitación de destellos azulosos. Los muebles, estilo Luis XVI, estaban laminados en oro. La alfombra, de lana, también de color rojo, era suave y mullida. En las paredes colgaban fotografías de Villa: Villa a caballo, Villa en Torreón, Villa al frente de su ejército, Villa al lado de Francisco I. Madero, Villa disparando. Sobre una mesa descansaban unas copas de cristal cortado y una botella de fino *cognac*. El general Villa se encontraba apoltronado en un gigantesco sillón, rodeado de Felipe Ángeles, Rodolfo Fierro, Santiago Rojas y Toribio Ortega, sus hombres de más confianza. Todos ellos discutían animadamente acerca de la condesa Tomasa de Lumpedinisi, aristócrata italiana casada con un diplomático, a la cual había fusilado el coronel Rojas al confundirla con una de sus tantas esposas.

—¿Y ahora qué vamos a hacer? —preguntaba preocupado el general Ángeles al resto del grupo—. El gobierno de Italia nos reclama y nos amenaza con tomar serias represalias.

El general Fierro, que se encontraba desparramado sobre su silla, alzó lentamente la cabeza.

—Pos que vayan mucho a chingar a su madre.

—No es tan fácil Rodolfo —intervino Toribio Ortega—. Esto nos puede llevar a la guerra con Italia, puede significar una invasión a México.

—Ahhh sí —dijo Fierro displicente—. Pos entonces que vayan y chinguen dos veces a su madre.

—En la que nos fuiste a meter Santiago Rojas —replicó el general Ángeles.

—Es que la condesa se parecía tanto a la mujer que tengo en Parral —contestó Rojas— y como yo ya estaba medio medio.

—Te he dicho mil veces que no me gusta que mis hombres anden de borrachos —rugió Villa—... ya viste la patota que fuiste a meter —al terminar la frase el general Villa descubrió la figura de Velasco, que inmóvil y mudo se había quedado en la puerta sin atreverse a entrar.

—Pásele hombre —le gritó Villa.

Velasco dio un paso adelante, indeciso.

—Con confianza —reiteró Villa.

Velasco se introdujo tímidamente en la habitación.

—Con su permiso —dijo.

Con una indicación de su mano Villa lo invitó a unirse al grupo.

—Siéntese aquí —le dijo y ofreció una silla contigua a la de él.

—No quisiera interrumpirlos mi general...

—No interrumpe nada, ya casi terminamos, pérese nomás.

Velasco se sentó. Los hombres continuaron comentando el caso de la condesa Lumpedinisi. Al cabo de unos minutos llegaron a una resolución: tomarían el camino de Fierro: mandarían a chingar a su madre a los italianos y por partida doble.

Una vez que terminaron los hombres se despidieron afectuosamente de su líder. Quedaron solos Villa y Feliciano.

A Velasco le incomodaba estar frente al guerrillero. No se sentía a gusto con las maneras francas y directas del general revolucionario. Villa parecía exigir de sus hombres la palabra exacta que él esperaba y se impacientaba con aquellos que no le adivinaban el pensamiento. Estar con Villa significaba verdaderamente estar. No se podía divagar ni pensar en otra cosa: había que atender en todo lo que Villa dijera. El general no permitía distracción alguna de sus interlocutores. Por otra parte, Velasco vivía con la eterna sensación de que Villa era un enemigo potencial que podía escabechárselo en cualquier instante.

—¿Un coñaquito? —ofreció Villa.

—No gracias —contestó Velasco extrañado por la amabilidad del general con él, ya que Villa no acostumbraba tener grandes cortesías con nadie y mucho menos con subalternos de bajo rango.

—¿No toma? —inquirió Villa.

—Casi nada mi general —contestó Velasco.

Villa se alegró.

—Es usted de los míos y eso me gusta... me gusta —dijo alargando cada una de las sílabas de la última palabra.

El Caudillo se sirvió un vaso con agua, se lo bebió despacio y dejó resbalar su cuerpo sobre el sillón. Miró largo rato hacia el horizonte en dirección a la gran ciudad. Cavilaba. El silencio de Villa hizo que Velasco se sintiera aún más incómodo. Los ojos de Villa, que nunca se mantenían quietos, se posaron fijos en un objeto distante. La mirada inmóvil de Villa era un algo que casi nadie había atestiguado, era un secreto bien resguardado. Algún pensamiento se cruzó por la mente del general porque se empezó a reír solo, maliciosamente.

—Cabrones... —dijo.

—Cabrones ¿quiénes? —preguntó Velasco sin percatarse de que Villa hablaba para sí.

Villa tornó su mirada hacia Velasco.

—Todos —contestó.

—¿Todos?

—Bueno, no todos, hay otros que más bien son pendejos.

Villa volvió a guardar silencio por otro largo rato. De nuevo sus pupilas se concentraban en un punto más lejano que la ciudad de México, los volcanes y el mundo. Sus pensamientos volátiles parecían escapar a través de un leve temblor en los músculos al final de su mandíbula. No había poder humano que pudiese hollar o imaginar siquiera lo que corría por dentro de Villa.

Velasco, expectante, aguardaba solícito a que el general emitiera cualquier palabra o hiciera un gesto mínimo para aproximarse. Súbitamente el general se puso de pie, desarrugó su cazadora y caminó hacia un escritorio. Abrió varios cajones y después de esculcarlos sacó una carta.

—¿Qué cree usted que dice esta carta? —preguntó.

—Que usted es presidente de México.

Villa soltó una carcajada.

—No hombre pues si yo soy mucho más que presidente... No, ésta es una carta que me envía el general Zapata.

—Sí ¿y qué le dice?

—Pues el bigotón acepta que nos reunamos en Xochimilco. ¿Qué le parece?

—Que está muy bien.

—¿Y por qué está muy bien? —preguntó Villa.

Velasco no supo contestar, no sabía a ciencia cierta por qué.

—Es que creo que así se une la Revolución —contestó Feliciano.

—¿Y eso qué? —inquirió Villa.

De nuevo Velasco no supo qué contestar. Se sintió desarmado frente a Villa, que se empezó a reír.

—Qué poco sabe usted de política amiguito —le dijo— pero eso realmente no importa. ¿Sabe por qué lo mandé llamar?

—No general —contestó Velasco atemorizado.

—Pues porque le tengo una buena noticia.

—¿Cuál general?

Villa no sonreía. De nuevo, su mirada inquieta recorría de principio a fin el rostro del comerciante. Velasco esperaba de boca del general un: «porque lo voy a quitar de vivir las penas del mundo, amiguito, mañana mismo lo mando ahorcar» o algo por el estilo, pero no fue así.

—Fíjese que en esta carta Zapata me hace mención de la guillotina y me dice que muchas e ilustradas personas le han afirmado que es un aparato muy bueno para la Revolución.

—¿La guillotina? —preguntó Velasco azorado.

—Sí ¿cómo la ve?

A Velasco se le iluminaron los ojos.

—La verdad mi general y con el respeto que me merece, a todo mecate.

Feliciano se enderezó en su asiento, orgulloso. De nuevo volvía a él la expresión de mercachifle feliz. La mismita cara que Villa le había conocido en su primer encuentro.

—Es mi deseo —continuó el general— que ahora que estamos aquí en la capital se haga cargo de hacer dos o tres demostraciones. Le tengo el ojo puesto a unos carrancistas culeros que me han hecho amuinar en grande. Después quiero que me acompañe a Xochimilco a ver al bigotón, para que compruebe con sus ojos de él cómo funciona la máquina. A lo mejor le gusta tanto que es capaz de querer comprarnos una, ¿le parece?

—Por supuesto mi general.

—Quiero decirle que también me han hablado maravillas de la guillotina Eulalio Gutiérrez y Roque González. Se la han alabado los generales Ortega y Felipe Ángeles, y por ahí me enteré de que el mismísimo Carranza se muere de la envidia por tener una.

Feliciano no cabía en sí de gozo. Pese al incidente de Zacatecas, pese a todas las circunstancias adversas, su guillotina volvía al primer plano. Regresarían las ejecuciones en público, los aplausos, la admiración popular, la gloria. El tiempo le había hecho justicia.

—Ya puede retirarse —dijo Villa.

Velasco se despidió estrechando con efusividad la mano del caudillo.

—Gracias, mil gracias.

Se cuadró con gusto y cuando iba a salir Villa lo llamó:

—Ahh, se me olvidaba... me dio tanto gusto saber lo de la envidia del barbas de chivo que a partir de hoy lo asciendo a coronel. Le informo también que el «Escuadrón Guillotina de Torreón» deja de pertenecer al cuerpo de cocina y se convertirá en unidad autónoma bajo mis órdenes exclusivas, está pues, al mismo rango que los dorados. Escoja los hombres que quiera para reforzar el escuadrón, calcúlele unos veinte y me manda avisar quiénes. Ahora sí, puede irse.

Velasco se quedó pensativo unos instantes.

—Gracias general, pero antes de irme quisiera hacerle unas cuantas preguntas.

—Nomás no se dilate.

—¿Desde cuándo soy coronel?

—Ahorita.

—¿Los capitanes son mis subalternos?

—Sí.

—¿Cualquier capitán? ¿El que sea?

—El que sea.

—¿Si se indisciplina un capitán ante mí le puedo formar consejo de guerra?

—Y fusilamos al hijo de la chingada, ya sabe cómo me las gasto con los jariosos.

—Es todo mi general. Gracias.

Salió el coronel Velasco del vagón. Sonreía. Se topó con Julio Belmonte.

—Julio te vengo a...

—Más respeto pinche gusano.

—Cuádrate —ordenó Velasco.

—Sí tú, cómo no, ¿algo más?

ESCUADRÓN GUILLOTINA

—Que te cuadres y que retires inmediatamente de tus labios el apodo agraviante de gusano que acabas de proferirme.

Belmonte lo miró con desprecio.

—Gusano tan güey, ya te ganaste un consejo de guerra.

Feliciano salió encantado de la entrevista que sostuvo con Villa, en primer lugar por la gran nueva que le había anunciado el caudillo y en segundo porque tenía de vuelta a Belmonte en sus manos (de hecho días después se le formó consejo de guerra a Belmonte, pero lo salvó de la muerte el hecho de ser uno de los dorados preferidos por Villa. Sin embargo, el general era fiel a su palabra de no permitir la indisciplina entre su tropa, por ello castigó ejemplarmente a Belmonte: lo mandó como representante del ejército revolucionario a las Islas Galápagos). Su euforia era tal que le había hecho olvidar sus intentos de huir. Se percató de ello cuando al dirigirse al lugar donde se encontraba la guillotina volvió casualmente la vista hacia la ciudad de México. Al verla recordó su anhelo por escapar. Europa, la fábrica, el gran negocio, las bellas mujeres, la fama internacional y todo aquello que ambicionaba se le vino de golpe a la mente. Se sintió mal. No sabía ahora cómo proceder. Feliciano había aborrecido a la Revolución y ahora que podía abandonar la División del Norte y huir, dudaba. No, la suya no era una traición a su esencia aristocrática, no, ni se preguntaba si debía o no ser revolucionario. El asunto iba más allá. Saborear un triunfo espectacular al lado de las filas revolucionarias lo atraía de sobremanera. Él sabía que Zapata, Villa, Obregón, Carranza y todos los demás revolucionarios eran en ese momento un grupo de salvajes belicosos en pugna por el poder. Pero ¿después? Pensó que seguramente, en su época, cada guerrero debería de parecer un troglodita destructor, pero que la Historia, ya pasada la etapa de las pasiones, terminaba por transformarlos en héroes, en prohombres idealistas llenos de virtudes y encantos. Es muy probable, pensó, que en su tiempo Hidalgo, Guerrero, Juárez y hasta el mismísimo

Porfirio Díaz, hubiesen sido considerados como unos maniáticos. Entonces Feliciano imaginó el trato de la Historia a Francisco Villa. Villa era un gran triunfador de la Revolución, en unos cuantos días más iba a entrar a la Capital. Al paso de los años, ya mansas las aguas revueltas, Villa sería considerado el gran libertador de México, el caudillo del progreso y la igualdad. El Paseo de la Reforma cambiaría su nombre por el de Paseo de Francisco Villa, su estatua adornaría los principales parques, el estado de Durango se llamaría Estado de Villa. ¿Y si dentro de cincuenta años a Villa lo ponen a la altura de Napoleón o de Hidalgo o de Bolívar? —se preguntó y en su imaginación surgió una nueva interrogante—: ¿Y si Villa queda como presidente? A lo mejor soy ministro —se dijo—. De pronto, como si fuese iluminado por un conocimiento divino, Velasco advirtió que estaba ni más ni menos que frente a esa dama llamada Historia. Él, que había estudiado tanto, que había leído libros sobre las grandes batallas, que admiraba a los héroes de la Independencia, no se había percatado que se hallaba inmerso en el torrente furioso de la Historia, en la de verdad, en la que después se iba a escribir en los libros, la que se iba a discutir acaloradamente en las Universidades. Velasco se imaginó a un grupo de escolares estudiando en sus textos las aportaciones que él mismo había hecho a la Revolución: «Y fue por la decisiva participación del licenciado Feliciano Velasco y Borbolla de la Fuente, que pudo salir avante la Revolución mexicana. Mucho tiene que agradecerle la patria a tan magnífico héroe». Feliciano estaba teniendo un romance con la Historia y él ni cuenta se había dado.

Ahhh, la Historia.

Velasco colocó los argumentos sobre la balanza. Tenía que decidir. Por un lado se presentaba el porvenir en Europa. La posibilidad de hacerse inmensamente rico, de casarse con una joven mexicana, decente, porfirista y exiliada. De tener residencia en París y una casa de campo en la región de la Loire (un castillo probablemente) y de pasar sus últimos años sumergido en una burguesa placidez. Tendría la oportunidad de vender muchas guillotinas. Europa se encontraba en plena guerra y de seguro se necesitaría mucho de ellas (aparte de que el gringo le había dicho que las suyas eran mejores que las francesas). Montarían una gran fábrica, con muchos empleados serios y trabajadores (no como el inepto de Álvarez y el lépero de Belmonte), que al salir de la jornada de trabajo cantarían alegres canciones provenzales. En el otro lado de la balanza se encontraba la Historia y su enorme don de seducción. Era la oportunidad de eternizarse, de pasar a los libros como un héroe, de ser objeto de pública veneración. Podría lograr puestos políticos, relaciones y un lugar en la Historia. Buscaría a Belem por todos los rincones del país y la llevaría a su lado para compartir juntos el éxito de la Revolución.

Después de reflexionar largo rato Velasco se decidió: escogió el camino de la Revolución, que ya casi triunfante le aseguraba la fama más allá de la muerte. El hechizo de la Historia lo había atrapado.

Velasco suspiró hondo y satisfecho cuando a lo lejos divisó la presencia magnífica de su creación. La guillotina se alzaba imponente sobre los hombres y las mujeres que la rodeaban admirados, perplejos. Velasco la sintió como una representación divina, símbolo universal de la muerte, a la cual sus súbditos le rendían pleitesía. Es verdad, la guillotina no había sido, muy a su pesar, un invento suyo, pero él le había dado en definitiva una inesperada dimensión, otro concurso en el devenir histórico. La guillotina aparecía en la Revolución como más natural, más hecha al carácter de los mexicanos que al de los franceses. «No hay nada que la iguale o la supere», pensó Feliciano. «Es sublime, es mágica».

Los festejos por la llegada de las tropas villistas a Tacuba continuaban. En el cielo nublado y frío estallaban cientos de cohetes y fuegos artificiales que coloreaban el gris de la tarde. El olor a alcohol, penetrante y concentrado, se percibía en el aliento de casi todos los presentes. Se festejaba como sólo el mexicano lo sabe hacer y en donde el festejo es un fin y no un medio. Las parejas bailaban arrejuntadas, pegaditas, dándole gusto al cuerpo, restregando las carnes para despertarles la corriente eterna. La música de acordeón que acompañaba los bailes, ágil y alegre, se prestaba para el meneo rítmico y articulado. Recargadas en los vagones algunas mujeres se dejaban arrebatar besos de soldados impacientes, cansados de la sangre y el polvo. Grupos de niños se correteaban entre sí, jugando alborozados, contagiados del entusiasmo de sus mayores.

Los cuerpos olían a rancio, a sudor, a tierra, a populacho, un populacho muy distante del origen social de Velasco. No era el olor de esta muchedumbre ni ligeramente parecido al aroma sutil y delicado en el que había crecido Feliciano. Eran fragancias antagónicas. Sin embargo él, distinto a todos ellos, empezaba a sentir que algo lo unía al pueblo. No era por las creencias, ni por la fe revolucionaria, ni por las costumbres, ni por el mismo color de piel, ni la vestimenta, ni tampoco la misma nacionalidad o la época compartida, no, lo que lo ataba a ellos era algo profundo, que remontaba al presente y que le fue imposible explicarse.

Anocheció. Las pasiones empezaron a brotar. Los bailes se trasformaron en danzas grotescas, la alegría festiva en rencor disfrazado, los juegos en venganzas, las bromas en ataques descarados, los besos en mordidas, las caricias en sobadas y las sobadas en golpes. La música se hizo furor cadencioso y los balazos anteriormente disparados al aire por puro gusto, ahora encontraban blanco en cuerpos vivos.

Las nubes pardas de la tarde se convirtieron en los nubarrones oscuros de la noche, que dejaron verter su violencia en forma de goterones espesos y de truenos y relámpagos desquiciantes. En medio de todo ello surgía altiva la figura de la guillotina. Erigida como ídolo temporal, como signo de fugacidad de ese momento, testigo mudo del festín de los libres. Esa noche se festejaba la llegada de Villa y Zapata a la ciudad, el arribo de las fuerzas del pueblo al poder, a la libertad. Libertad hecha engaño. Todos los presentes sabían, por experiencia milenaria, que el triunfo perduraría muy poco y que pronto las aguas volverían a su cauce y el pueblo tardaría de nuevo siglos enteros para poder vivir un instante así. Había pues que aprovechar la ocasión y celebrarla en grande.

Velasco, a pesar de que no gozaba del todo la euforia popular, se dejó llevar por ella. La alegría por sus recientes logros ayudó. Se emborrachó. Bailó. Permitió que se burlaran de él, que lo insultaran. Lo llamaron gusano, catrín, rotito, puto. No le importó. Era una fiesta y nada más. Al día siguiente todo se habría olvidado. Una mujer gorda y vulgar, de boca ancha y nariz chata, con aliento de perro y mirada perdida, fue su compañera nocturna. Entre sus piernas encontró Feliciano el pasaje carnoso que lo llevó al olvido de sus avatares.

Despertó Feliciano debajo de un vagón de ferrocarril. A su lado la gorda, a medio vestir y con la blusa rota, roncaba con potencia. Otras parejas yacían a su alrededor. Estaba completamente empapado y su ropa llena de lodo. Recordaba muy poco lo sucedido por la noche. Velasco se deslizó lentamente para no despertar a la mujer y salió de debajo del furgón. Se sacudió el lodo y se mesó el poco cabello que le brotaba de la calva. A diez metros de él, en un charco próximo, apareció tendido el cadáver de un muchacho con la espalda destrozada a machetazos. Velasco lo observó largo rato. Le dio lástima, era un muerto muy joven. Sacó unas monedas de su pantalón, las arrojó a un lado de la gorda y se encaminó a buscar a Álvarez.

También Álvarez había pasado la noche acompañado. Lo encontró Velasco entrepiernado con una prostituta alta, flaca y fea. Lo despertó.

—Álvarez... Álvarez...

—Mmmmhhh...

—Levántate.

—Mnnnhh, ah, ya voy. Péreme tantito.

Álvarez bostezó con ganas, se quitó de encima las piernas de la prostituta y se puso de pie.

—¿Quiubo? ¿Qué pasó?

—Hay que apurarle que pronto vamos a tener unas ejecuciones y me las encargó mucho el general Villa.

—¿Qué toca ahora, puercos o gallinas? —preguntó Álvarez mientras se estiraba.

—Ni puercos ni gallinas.

—¿Entonces?

—Carrancistas —contestó Velasco.

—¿Que qué?

—Carranclanes, como lo oíste.

—¿Ya no más puercos?

—Ya no más.

Álvarez gritó de júbilo con tal volumen que despertó a varios que dormían la mona.

—Shhh.

—Cállate cabrón.

—Deja dormir hijo de la tal por cual al cuadrado.

Álvarez se puso feliz. Le daba gusto que la guillotina fuera usada en ejecuciones más nobles que las de las gallinas. Él sentía tener su parte de mérito en su construcción —había forjado la plancha de hierro que servía como cuchilla— y le dolió ver la degradación a la cual había sido destinada. Ahora le alegraba ver que la guillotina volvía por sus fueros y al lugar de donde nunca debió salir: en el centro mismo de los acontecimientos. A pesar de que Velasco no era para Álvarez precisamente santo de su devoción, en el fondo lo estimaba. Admiraba el talento de su patrón, su imaginación, su creatividad. Ambos se dieron un abrazo.

—Felicidades licenciado.

—Otra cosa —dijo Velasco—: ya no sólo soy licenciado.

—¿Ahora?

—A partir de ayer por la tarde soy coronel del ejército de la Revolución y me honra comunicarte que ahora tú ostentas el grado de capitán.

—¿Capitán? —preguntó el otro estupefacto.

—Así es, capitán.

Álvarez volvió a gritar a todo pulmón:

—Ajjuuuuuuuyyyyaaaa.

Las voces de reclamo no se hicieron esperar:

—Cállate güey.

—Ya lárgate o te corro a balazos.

—Silénciate desgraciado.

Ante la posibilidad de que un enardecido desvelado los dejara como coladera, Velasco jaló a Álvarez a un rincón lejano, donde éste pudiera armar el alboroto que deseara sin molestar a nadie.

—Te tengo otra noticia Juan, el general Villa nos nombró escuadrón autónomo.

—Ajuuuyyaaaa.

—Necesitamos juntar unos veinte hombres, ¿cómo la ves?

—A todísima madre.

Durante el transcurso de la mañana el coronel Velasco y el capitán Álvarez se dedicaron a buscar los hombres más idóneos. Seleccionaron a los que encontraron menos borrachos y más lúcidos, entre ellos al chino que había viajado a México en el mismo vagón que Feliciano. Álvarez le hizo saber al oriental que había sido incorporado al escuadrón y éste, al entender de lo que se trataba, se deshizo en caravanas. Así fue como se integró al ejército revolucionario el valeroso Ching Wong Tsu (y cuyas hazañas son relatadas en el conocido libro: *Ching Wong Tsu y la Revolución Mexicana. Un estudio Analítico,* escrito por el investigador austriaco Helmut Müller). Los otros hombres seleccionados fueron Indalecio Rubio, Julio Derbez, Fiodoro Martínez, Macedonio Cabeza de Vaca, los hermanos Trujillo (no todos, sólo los trece más chicos) y un inglés, Sir James López. Contaron también con la valerosa ayuda de don Pablo Gutiérrez Ovando, viejo soldado que había peleado en la guerra contra los franceses.

El coronel Velasco reunió a sus subalternos, todos bien crudos con excepción del chino Wong que no dejaba de reírse y de hacer caravanas. Con brevedad les indicó sus funciones: los hermanos Trujillo fungirían como guardia de honor de la guillotina. Indalecio Rubio y Macedonio Cabeza de Vaca serían los encargados de engrasarla y darle mantenimiento (nada de incidentes como el de Zacatecas). Fiodoro Martínez y Julio Derbez serían los responsables de llevar a los presos hasta su destino final. A James López, por su elegante porte, su facilidad de palabra, su dominio del idioma inglés (no en balde él era inglés), se le encomendó la organización de los actos públicos, la atención a la prensa nacional y extranjera y el manejo de la imagen del escuadrón (él mismo se autodenominó: *Chief of the Office of Public Relations of the Escuadrón Guillotina de Torreón*). Al chino Wong se le comisionó a las actividades de limpieza y retiro de cuerpos y cabezas (para esto último se le proporcionó una preciosa canastita de mimbre). A don Pablo Gutiérrez Ovando se le nombró maestro de ceremonias y asesor militar. El capitán Álvarez resultó supervisor del trabajo del escuadrón y el coronel Velasco jefe militar de todos ellos.

Formaban un gran equipo. Rápidamente se desarrolló entre ellos un sentimiento de fraternal camaradería. Velasco se sentía bien, sin embargo —por esa extraña necedad que desarrollan algunos y que consiste en querer involucrar amigos o conocidos en los proyectos propios, aunque a los demás no les guste o no quieran o no puedan— sentía que en su escuadrón hacía falta alguien de su propia clase, de su mismo origen social y en quien podría confiar a ciegas (para un porfirista revolucionario son mejores hombres los porfiristas revolucionarios que los revolucionarios a secas). Se dispuso Velasco a buscarlo. El primero en el que pensó fue en Javiercito Ruizcastillo D'Anda, viejo amigo de sus años mozos.

Una carroza tirada por dos caballos se detuvo frente a una casona vieja y despintada a espaldas de la Catedral. Del vehículo descendió Feliciano. Con la mirada recorrió nostálgico sus rumbos añejos. Reconoció las calles en donde jugó de niño. Se acordó de sus tiempos de adolescente, de sus paseos amorosos con Margarita (puta al fin y al cabo —pensó con desasosiego). Evocó figuras importantes de su vida: su madre, doña Fuensanta, mujer pura que murió sifilítica y que convenció a todos de que su enfermedad la adquirió por un «mal aire que pescó cerca de un desagüe»; su padre, don Lorenzano, hombre recto y honrado que forjó su fortuna en la noble tarea de recaudador de impuestos; sus hermanas, Hipólita y Clementina, la primera felizmente casada con un aristócrata de buena cuña, el marqués de Azores, exiliada con esposo e hijos en el mismo París (donde Velasco aún pensaba que tenía que ir algún día) y la segunda, monja extraviada en algún confín del mundo predicando en compañía de... un buen amigo; por último, Feliciano remembró a su perro Rigoletto, can enano, fastidioso, que ladraba a cuanto peatón pasara cerca de la reja que custodiaba y que murió por causa de una patada que una inmensa matrona, cansada de sus ladridos agudos, le propinó en pleno hocico. Recordó la calle llena de vida y de gente paseando. Ahora la encontraba vacía y sólo a lo lejos se destacaba la presencia de dos soldados zapatistas que lo vigilaban recelosos. Todavía no se daba el encuentro entre Villa y Zapata y un uniforme extraño los alertaba. Feliciano, percatado de la actitud poco amistosa de los sureños, se apresuró a tocar la puerta. Sonó pesado el aldabón. Llegó a abrir una escuálida anciana. Velasco de inmediato supo quién era.

—Doña Soledad, qué gusto me da —dijo y la abrazó. La anciana lo miró extrañada.

—¿Es que no sabe quién soy? —preguntó Velasco.

—No.

—Fíjese bien.

—Yo no lo conozco señor.

—Pero doña Soledad, si soy yo, Feliciano Velasco y Borbolla de la Fuente... Feli...

La viejecita arrugó los párpados, lo escudriñó detenidamente con la mirada y se le iluminó el rostro.

—Pero si eres tú Feli... Es que estás irreconocible... así de pelón como estás no supe de momento quién eras.

Feliciano forzó una sonrisa.

—¿Y ese uniforme? —inquirió la anciana con sospecha. Velasco sabía que si le decía a qué ejército pertenecía a la pobre la fulminaría un infarto. Se acercó a ella y le susurró en el oído:

—Es para despistar... Este es el uniforme que usamos los porfiristas... Es que Don Porfirio va a regresar.

La anciana abrió desmesuradamente los ojos.

—¿Va a volver? ¿Qué no estaba muy enfermo?

—No, fueron mentiras para engañar al enemigo.

Doña Soledad salió del portón y con energía empezó a gritar al par de zapatistas que espiaban la acción desde la esquina.

—Ahora sí salvajes mugrosos, va a volver Don Porfirio, se les va a poner buena la cosa, majaderos hijos del demonio.

Asustadísimo, Velasco trató de callar a la mujer que desaforada continuaba con su agarrón verbal.

—Váyanle a decir al indio de su jefe que ya le llegó la horma de su zapato, animales...

Los sureños, molestos por la actitud de la vieja, alzaron sus carabinas.

—Mátenme valientes, atízenme un plomo, buenos para nada... ladrones pendencieros...

Velasco trataba de tranquilizarla.

—Ya, doña Soledad, cállese, qué no ve que lo que le dije era un secreto... Va a echar a perder el plan.

La mujer se serenó. Los zapatistas se aproximaron.

—¿Pos esta vieja loca qué se trae? —preguntó uno de ellos furioso.

—Nada, nada, es que ya está grande y se le bota la canica —contestó nervioso Velasco.

—Qué se me va a botar la canica ni qué ocho cuartos, yo sé lo que digo y ese Zapata es un... —no llegó a decir más porque Velasco le tapó la boca.

—Está un poco alterada... los años, ustedes saben —les dijo Feliciano en todo pacificador.

—¿Y usted qué vale? —le preguntó el otro zapatista, un moreno robusto y mal encarado.

Velasco, sin dejar de taparle la boca a doña Soledad se puso en posición de firmes.

—Yo sirvo a la honrosa División del Norte a cargo de mi general Villa —contestó—. No hubo terminado de decir la frase cuando sintió que la viejecita se le escurría entre las manos. Se había desmayado.

Los dos zapatistas se miraron entre sí. Alzaron los hombros y se retiraron, no sin antes advertirle al villista que no le iban a permitir ni un insulto más a la anciana y que si ella seguía de obstinada le iban a meter un machete por donde mejor le cupiera. Velasco les prometió que ya nada iba a suceder, que él se haría cargo de la situación.

Trabajosamente Feliciano arrastró a la anciana hasta el interior de su casa. La subió a su habitación (la cual recordaba bien: ahí jugó de niño con Javiercito), y la revivió con alcohol. Doña Soledad, después de un rato, recuperó el conocimiento y en cuanto lo hizo le soltó tremendo bofetón a Velasco.

—Con que eres villista, desgraciado traidor...

—No, no, doña Soledad, no me confunda.

Otro bofetón lo interrumpió.

—Canalla...

—Cálmese por favor, déjeme explicarle... dije eso para confundir a los zapatistas... ¿qué no ve que soy espía?

—No me estarás diciendo mentiras.

—De ninguna manera doña Soledad. Dios me libre de ser gente de ese asesino de Villa.

—¿De verdad eres espía?

—Sí.

—¿Lo juras?

—Lo juro.

—Ahhh —suspiró la anciana tranquilizada.

Una vez sosegada doña Soledad se inició el rito de preguntas de rigor: ¿Qué se ha hecho? pues nada ahí tristeando ¿y la salud? ya sabes me agobian los achaques de vieja ¿y la familia? son unos ingratos, ya no me visitan ¿y qué sabe de los amigos? unos ya murieron, otros, nada tontos, se fueron con Porfirio Díaz a París ¿y

Javiercito? debe de andar en su recámara, como siempre. Te has de acordar que a él no le gusta salir mucho, pasa a verlo, sólo que ten cuidado de no despertarlo, está un poco enfermo, pero ya se le pasará.

—Sí doña Soledad, no se preocupe, si está dormido no lo despertaré.

—¿Te acuerdas de cómo llegar?

—Sí claro.

Feliciano abandonó la habitación de la anciana. Caminó seguro por entre los pasillos de la casa. La conocía al derecho y al revés. En cuántas ocasiones no había ido a pasar el rato junto con Javiercito y el muy desgraciado de Luis Jiménez y Sánchez. Bajó Velasco por unas escaleras y llegó a la recámara de su amigo. Abrió silenciosamente la puerta y se asomó. Casi vuelve el estómago al descubrir la figura putrefacta del cadáver de Javiercito, que vestido con su inevitable traje gris yacía acostado sobre su cama. No tendría menos de un año de muerto. El aroma de carne corrupta llegó hasta la nariz de Feliciano que, asqueado, azotó la puerta. En ese instante descubrió que no sólo había perdido a su amigo sino una llave clave hacia el pasado.

Cabizbajo cruzó el patio y olvidando su buena educación y sus finos modales, se retiró sin despedirse de doña Soledad.

Velasco recorrió infructuoso la ciudad en busca de los antiguos compañeros y amigos. Casa por casa preguntaba y en todas recibía respuestas evasivas o un «los señores salieron al extranjero». La Revolución había hecho huir a casi todos los de su clase, la mayoría exiliados en Francia como parte del séquito de Don Porfirio. Sólo le quedaba visitar la casa de Pánfilo Corcuera de Rivera. No había sido éste su gran, gran amigo, pero habían estudiado juntos la carrera de abogado y tenían una serie de recuerdos en común. Pánfilo vivía lejos del centro de la capital, en una quinta más allá del final del Paseo de la Reforma. Hasta allá llegó Feliciano. Llamó a la puerta. Una señora de piel amarillenta y labios amoratados, rodeada de chamacos, le abrió.

—Perdone usted ¿vive aquí don Pánfilo Corcuera de Rivera?

—Sí señor.

—¿Se encuentra en estos momentos?

La mujer dudó en contestar pero al cabo de unos segundos respondió:

—Sí, ahora le hablo.

El uniforme que portaba el chaparrito levantó sospechas en la mujer quien precavida cerró el portón con doble llave. Tardó largo rato en regresar. Al hacerlo la acompañaba un tipo ojeroso, pálido, desgarbado y totalmente alcoholizado.

—¿Qué desea? —preguntó el hombre.

—¿Eres tú Pánfilo?

El hombre miró a Feliciano. Apenas se podía sostener en pie.

—Ese mero.

—Soy Feliciano Velasco y Borbolla de la Fuente, ¿no me recuerdas?

El tipo contestó con un eructo.

—Acuérdate —insistió Velasco—. Fuimos compañeros en la escuela de Derecho.

—Ya me acordé. ¿Y qué con eso?

La respuesta desconcertó a Feliciano.

—Es que tanto tiempo sin vernos, quería recordar antiguas correrías, tú sabes.

Pánfilo no le dejó terminar. Lentamente empujó la puerta hasta cerrarla. Velasco, fúrico, pateó la pared. Entre triste y colérico volvió al campamento villista. Su búsqueda había sido en vano.

Cuando el coronel Feliciano Velasco llegó a Tacuba ya había anochecido. Se dirigió a buscar a sus hombres entre los vagones de carga y no los encontró. Los buscó entre las tiendas del campamento y tampoco los halló. Se extrañó de ello. Deambulaba por entre las vías del tren cuando se topó con el capitán Álvarez.

—¿Qué pasó mi licenciado, encontró al hombre que buscaba?

Velasco lo miró de tal forma que Álvarez entendió que no. Se percató también de que su jefe venía triste y apesadumbrado.

—Alégrese coronel que le tengo una sorpresa —le dijo.

—¿Cuál?

Álvarez lo llevó hacia el rumbo donde se encontraban los lujosos carros de ferrocarril que eran asignados únicamente a los oficiales más cercanos a Villa. Se detuvieron frente a dos de ellos.

—¿Qué le parece licenciado?

—¿Qué me parece qué?

—Nuestros dormitorios.

—Nuestros ¿qué?

—Nuestros dormitorios, aquí nos toca ahora.

—No lo puedo creer.

—Pues hágase a la idea, porque es la pura verdad, si ya nuestros hombres están adentro de uno. Tenemos asignados estos dos carros y otro más allá. Este mismo que está aquí, que es el más grande y bonito, le toca a usted solito.

Incrédulo Velasco se trepó al carro. Estaba decorado elegantemente, casi tanto como el del general Villa. Tenía una sala propia, amueblada con finos sillones. El dormitorio separado por un biombo. A un lado se encontraba un pesado escritorio de caoba. Lo mejor de todo era que contaba con una gran tina.

—El propio general Villa lo anduvo buscando para entregarle personalmente estos vagones pero no lo encontró y me los dio a mí —comentó Álvarez.

—Qué bien, qué bien —musitó Velasco verdaderamente emocionado. Tan conmovido estaba que olvidó el trago amargo que había vivido unas horas antes.

—Pero esto no es todo, le tengo una sorpresa que le va a gustar aún más —dijo Álvarez con expresión infantil.

—¿Cuál?

—Venga.

Lo llevó Juan hasta donde estaba la guillotina. Con un farol la alumbró. La habían limpiado a fondo. La habían barnizado con barniz del bueno. Le habían puesto un cordón nuevo. Le habían sacado filo a la cuchilla. Le habían colgado de nuevo banderitas. Habían resanado todos los agujeros, repintado las efigies de Madero y Villa y engrasado con aceite de primera. Feliciano se volvió sorprendido hacia Álvarez.

—¿Quién hizo todo esto?

—Nosotros coronel —respondió Juan muy ufano. Feliciano abrazó largamente a su subordinado, pronunció balbuceante un gracias, besó la guillotina, recargó su cabeza en uno de los postes y lloró.

Velasco durmió en una cama grande, que tenía un colchón suave y mullido, un almohadón de plumas y una cobija de lana. La cama le recordó su pasado prerrevolucionario, cuando se acostaba todas las noches en una igual. Descansó como pocas veces había descansado. Sumido en un sopor reconfortante, soñó tranquilo. Cuando despertó era ya tarde, cerca de las once de la mañana. Al pie de su cama lo esperaba don Pablo González.

—Mi coronel, tenga usted muy buenos días.

Velasco se incorporó.

—¿Qué ha pasado?

—El capitán Álvarez me manda a informarle que desde temprano el escuadrón ensayó los preparativos para la entrevista con Zapata. Asimismo le reporto que se llevaron a cabo dos ejecuciones para probar la guillotina con el fin de que la población supiese de su existencia.

—Le agradezco el reporte, soldado Gutiérrez, ¿pero quién autorizó al capitán Álvarez para lo de las ejecuciones?

—Nadie coronel, él tomó la iniciativa para no despertarlo.

Velasco no supo si enojarse o alegrarse. Optó por lo último.

—¿Salieron bien las cosas?

—De maravilla mi coronel.

—¿Entonces ya ajusticiaron a los carrancistas?

—No señor, fueron dos rijosos que andaban armando reyertas. El general Villa desea que a los carrancistas se les ejecute en el Zócalo para que todos vean y le vayan con el chisme al barbas de chivo.

—Está bueno. ¿Y para cuándo es eso?

—Para mañana.

—Está bien.

—Me reportó también el capitán Álvarez que el general Villa lo espera a las dos de la tarde para que lo acompañe a entrevistarse con Zapata. Asimismo el general solicitó que tuvieran lista la guillotina para trasladarla a Xochimilco.

—¿Qué horas son?

—Las doce.

—Caray no me va a dar tiempo de preparar la guillotina y tenerla lista para las dos.

—No se preocupe mi coronel. La guardia de honor ya se encargó de arreglar todo, incluso en estos momentos ya la están alistando para llevarla a Xochimilco.

Velasco quedó profundamente satisfecho por la eficiencia de su escuadrón. No había esperado de Álvarez tal disposición. Al parecer su subordinado deaarrollaba sus mejores aptitudes organizando la milicia y lo había hecho con soltura y autoridad. «Lo he de haber contagiado del espíritu revolucionario», pensó Feliciano, que no dudaba de la fidelidad de su empleado. «Éste es de buena ley, no como el canijo de Belmonte».

Se bañó Velasco en tina, con agua caliente y jabón oloroso de extracto de lima. Almorzó un delicioso par de huevos con tocino, frijoles con chorizo, salsita bien picosa, café con azúcar y variedad de panes dulces: conchas, cuernos, novias. Se vistió con un uniforme nuevo hecho a su medida, limpio y recién planchado, del cual relucían los galones de coronel. Se lo había enviado el general Villa.

De un día para otro su vida se había transformado. De ser el carnicero y tablajero de la División del Norte ahora era un oficial de alto rango, con muchos más privilegios que cualquier otro. No se lo habían dado de a gratis, lo había ganado a pulso y su mérito consistía en proporcionarle al ejército villista un instrumento verdaderamente revolucionario.

Al descender del vagón topó con los miembros de su escuadrón que lo esperaba, formado en cuatro hileras. Ellos también lucían uniformes nuevos. Al pasar Velasco entre ellos, todos, al unísono, se cuadraron. El capitán Álvarez dio dos pasos al frente.

—Con la novedad mi coronel de que todo está en orden.

Feliciano miró a su alrededor. La muchedumbre los observaba con curiosidad. El «Escuadrón Guillotina de Torreón» destacaba entre los demás. Era claro que el general Villa deseaba impresionar a Zapata y a los demás jefes revolucionarios y que el escuadrón de Velasco era su mejor carta.

La guillotina había sido colocada en un vagón especial, el cual también fue decorado. El artefacto lucía espléndido, naturalmente regio. La guardia de honor formada por los Trujillo se instaló junto a ella, proporcionando al conjunto un aire de elegancia militar. Todos los movimientos eran ejecutados con minuciosa precisión y no era para menos. Álvarez, bajo una disciplina férrea, había hecho ensayar a sus hombres, una y otra vez, los pasos a seguir en las distintas actividades: formaciones para el traslado, desfiles, ejecuciones, formaciones para toda eventualidad posible.

El coronel Velasco, en compañía del capitán Álvarez y de los soldados Gutiérrez Ovando, Cabeza de Vaca y el mayor de los Trujillo, se dirigió a buscar al general Villa. El capitán Belmonte, en espera del consejo militar que lo juzgaría por sus actos de insubordinación, había sido relevado de su puesto en el cuerpo de seguridad de Villa. Ahora ocupaba su lugar Teodomiro Ortiz, que había sido ascendido a capitán. Ortiz, que tenía tiempo de no ver a Velasco, lo saludó con afecto.

—Estimado licenciado ¿cómo se encuentra usted?

Velasco respondió con igual afecto.

—Muy bien, gracias amigo Ortiz, ¿y usted?

—También muy bien, gracias. Me imagino que viene a ver a mi general Villa.

—Así es.

—Pase coronel, lo está esperando.

Los miembros de la comitiva de Feliciano se quedaron charlando con el capitán Ortiz. Entró Velasco al carro de Villa, quien se encontraba terminando de dictar unas cartas.

—Ya voy. Espéreme tantito, nomás acabo y lo atiendo.

Terminó Villa sus quehaceres y saludó a Velasco.

—Ahora sí. ¿Cómo está?

—Bien general —contestó Velasco cuadrándose.

—¿Le gustaron las nuevas habitaciones que le asigné?

—Mucho mi general.

—¿Los uniformes?

—También mi general.

—Qué bueno coronel. Hoy es una fecha muy especial para mí. Quiero que Zapata diga: «Qué chingones son estos cabrones».

—Lo intentaremos mi general.

—Después quiero que se despache a los carranclanes que antes le mencioné. Quiero hacerla en grande, que el viejo sepa con quién se mete.

—Los que guste nos los ajusticiamos.

—Bueno, vámonos, que ya el bigotón nos ha de estar esperando en Xochimilco.

Se disponía a salir cuando Villa se detuvo.

—Quiero preguntarle algo coronel.

—Lo que guste.

—¿De dónde chingados sacó usted al chino ese?

Velasco tragó saliva, bien sabía que Villa despreciaba a los orientales.

—¿Se refiere usted al soldado Wong?

—Ese mero.

—Es un buen elemento —dijo Velasco, quien no atinó a decir nada más en defensa del asiático.

—Ya ni la friega coronel, enrolar al ejército a un chino... Bueno, allá usted... Ojalá y le salga valiente.

—Si quiere lo retiro del servicio.

Villa lo miró con su mirada impredecible. Velasco pensó que el general le haría buena la oferta de botar a Wong del escuadrón.

—No, déjelo —contestó Villa—, hasta eso que el chinito me cayó bien, nomás dígale que no se ría tanto porque se me afigura que está pensando alguna maldad.

—Entendido mi general.

Tacuba se encontraba bastante lejos de Xochimilco. En un principio Villa quiso recorrer el trayecto a caballo pero sus consejeros le indicaron que era mucho mejor viajar en tren. Era más rápido y seguro y se conjuraban así las amenazas de atentado. Existía la posibilidad de que a algún loco porfirista se le ocurriera usar la cabeza de Pancho Villa como blanco de tiro.

Partió el tren. Una multitud los despidió. Varios perros corrían persiguiendo los convoys. La guillotina, colocada en el vagón central y rodeada por la guardia de honor, sobresalía relumbrante.

El general Villa invitó al coronel Velasco a que lo acompañara durante el viaje. Juntos departieron hasta Xochimilco. Villa, de insuperable buen humor, no dejó de platicar ni un instante. Le relató a Feliciano de sus avatares como prófugo de la justicia, de las aventuras que había vivido en la sierra de Durango, de cómo había cazado una vez un venado cola blanca a puro cuchillo. Le habló de las técnicas que usaba para amaestrar caballos, de cómo gorgorear con la garganta para llamar a los guajolotes silvestres y de cómo había que agarrar la pistola para disparar más rápido. También le expuso el método que utilizaba para planear las batallas, cómo organizar los diversos frentes para debilitar al enemigo o cómo urdir trampas para engañar regimientos enteros. Velasco se dejó hipnotizar por las palabras de Villa y se sorprendió de ello. Siempre había considerado al general como un inculto y salvaje serrano, incapaz de realizar otra actividad que la de matar; ahora, frente a frente con él durante largo rato y sin interrupciones, Velasco descubría a un hombre astuto, inteligente y conocedor del mundo que lo rodeaba, particularmente de las debilidades y fortalezas humanas. Desde su mirada primitiva Villa había sabido abarcar, aun por instinto, las necesidades de su tiempo y su gente. Embobado Velasco no perdía frase alguna de las dichas por Villa y en ellas encontraba algo original o profundo. El General tenía la extraordinaria capacidad de subyugar a sus interlocutores y así, de buen talante, era afable, comprensivo, simpático, dicharachero, bonachón. Era la faceta que muy pocos le conocían y Feliciano se sintió orgulloso de ser uno de ésos.

Llegaron a Xochimilco después de dos horas. Un numeroso contingente los esperaba. Villa bajó del tren y saludó con la diestra. Obtuvo como réplica una carretada de aplausos. Velasco descendió después de él, saludó y también fue aplaudido (si venía con Villa, es que era importante y si era importante, había que aplaudirle). A la distancia Emiliano Zapata, serio y de mirada dura, observaba la llegada de su aliado.

La reunión de Villa y Zapata fue la reunión de los hombres del pueblo. Ambos encarnaban las fuerzas populares del país, la de los verdaderos luchadores, no la de los oportunistas. En el diálogo que sostuvieron criticaron fuertemente a gobernantes como Carranza («Bobernantes» les decía por ahí algún villista avezado), hombres pudientes, eregidos por las circunstancias en defensores de las causas del pueblo.

—Son hombres que han dormido en almohada blandita —dijo Villa—. ¿De dónde van a ser amigos del pueblo que toda la vida se la ha pasado de puro sufrimiento?

—Al contrario —secundó Zapata—, han estado acostumbrados a ser el azote del pueblo.

Los dos líderes revolucionarios se comprometieron a luchar juntos por los ideales del pueblo, a impedir el acceso de los ricos al poder, a pugnar por el reparto de la tierra, a promover la justicia para los suyos, a luchar por que fuera el pueblo el que mandara. Al terminar, ya que se habían dicho las cosas importantes, Zapata se le acercó discretamente a Villa y con voz baja le preguntó:

—¿Y qué pasó con la maquinita esa de la que tanto se me ha hablado?

Villa sonrió.

—Ya la verá, la traje hasta acá nomás para que usted la mire.

Villa mandó llamar al coronel Velasco.

—General Zapata, tengo a bien presentarle al coronel Feliciano Velasco, que es el responsable de la creación de la máquina de la que usted pregunta.

La figura pequeñita de Velasco apenas se distinguía entre las de Villa y Zapata, que lo superaban, por mucho, en estatura. El Caudillo del Sur saludó amablemente a Feliciano.

—Es un gusto coronel.

Velasco, que no había imaginado tales cortesías en semejante bárbaro, se cuadró.

—El gusto es mío, general Zapata. Estoy a sus órdenes.

—Coronel Velasco —intervino Villa—, creo que al general le gustará que demostremos los usos de la guillotina. Tráigala para acá.

—En un momento.

Velasco caminó hasta donde se encontraba el capitán Álvarez y le ordenó que trasladaran la guillotina al lugar indicado. Álvarez llamó a sus hombres.

—«Escuadrón Guillotina de Torreón» a filas.

Los miembros del escuadrón, que andaban desperdigados, se reunieron.

—Firmes. Ya.

Todos, en perfecta sincronía adoptaron la posición ordenada.

—Guardia de honor.

—Presente —gritaron los Trujillo.

—Posición de traslado. Ya.

Los trece Trujillo marcharon hacia el vagón en el cual venía la guillotina, subieron a la plataforma, cada uno levantó una parte y, entera, sin desarmarla, la cargaron.

—Guardia de honor... desciendan la guillotina. Ya —ordenó Álvarez.

En un solo movimiento los Trujillo alzaron el aparato y con gallarda acción bajaron la rampa. Depositaron la guillotina trescientos metros más allá, en un descampado.

No sólo Zapata estaba impresionado por la disciplina y el orden con el que actuaba el escuadrón, sino que hasta el mismísimo Villa no podía creer lo que veía. Velasco también estaba azorado y es que el capitán Álvarez tenía un don de organización insospechado.

Zapata, al aproximarse a la guillotina, quedó absolutamente perplejo. Caminó alrededor de ella, meneó su cabeza de arriba abajo y de izquierda a derecha. Villa lo siguió con sus ojos inquietos, en espera de algún signo de aprobación por parte de su igual.

—Y esto, ¿cómo funciona?

Villa caminó lentamente hacia él, lo hizo hacia un lado con su mano, tomó el cordón y tiró de él.

«Brooooockk» sonó la cuchilla en caída libre sin ningún objeto que le estorbara. Zapata se asustó y pegó un salto para atrás. Un murmullo apagado se escuchó partir de entre las huestes sureñas. Villa sonrió y Velasco sonrió y todos los villistas presentes sonrieron.

—¿Para qué es eso? —preguntó Zapata.

—¿Tiene prisioneros que ajusticiar? —preguntó Villa.

Zapata se quedó pensativo unos instantes.

—Pos la verdad no, pero ahorita mismo le consigo unos.

—Está bueno.

El general sureño dio la orden y varios de sus hombres salieron en busca de un prisionero. Regresaron a los cuatro minutos con un español gordo, de cara roja, que resoplaba agitado, cansado por la prisa con la que lo habían llevado hasta ahí.

—¿Está bueno éste? —inquirió Zapata.

—Sí, cómo no —contestó Villa.

—Pues cuando quiera.

Villa estaba a punto de dictar la orden mortal cuando se le acercó una de las tantas voces prudentes que lo aconsejaban, en esta ocasión fue la del general Toribio Ortega.

—General Villa, si vamos a ejecutar a este señor es necesario acusarlo de algo, no se le puede matar nomás porque sí.

—Sí, ¿verdad? Tienes razón. General Zapata, de qué se le acusa a este hombre.

Zapata se quedó pensando un rato.

—De ser español —le contestó.

—Sí, eso mero —afirmó—. Lo vamos a ajusticiar por ser español.

El pobre reo, que ya se había percatado de las intenciones de los revolucionarios, barruntaba un esfuerzo de defensa.

—Pero señores generales —dijo entre resoplido y resoplido— si eso no constituye delito alguno.

—Sí, sí es delito —afirmó categórico Villa.

—Pero ¿por qué?

—Por lo que digo yo —sentenció el norteño.

Toribio se acercó discretamente a su jefe.

—Tiene razón el gachupín, tenemos que ejecutarlo por otro cargo.

—¿Qué mi palabra no basta? —preguntó Villa indignado.

—Sí mi general, pero no nos conviene que aquí en la capital le degüellemos el pescuezo a los gachupines así nomás de oquis.

—¿Entonces?

—Hay que procesarle por otra causa.

Villa caminó hacia Zapata.

—Me dicen mis consejeros que no es conveniente echarse así nomás al español, que hay que buscarle acusación verdadera.

—No hay problema, ahora mismo la elaboramos.

Salieron unos zapatistas rumbo a la casa del español. Regresaron con unos sacos de maíz.

—Mi general Zapata —dijo uno de los soldados—, hemos regresado con pruebas de que este hombre actúa en contra de la Revolución. Vende el kilo de maíz a quince centavos.

—Pero si lo estoy dando cinco centavos más barato que el que más —replicó el preso.

—No sólo eso general, tenía varios sacos de maíz escondidos, es un acaparador.

—No los tenía escondidos, son los que me deja tener en bodega el mismo reglamento que usted expidió para esta zona.

—El maíz que vende es de mala calidad, envenena al pueblo.

—No se consigue de otro.

Los zapatistas presentaban pruebas, una tras otra, en contra del español, quien las negaba con fuerza y razón. El comerciante cumplía con todas las de la ley. Villa y Zapata comenzaban a exasperarse. El español, desesperado, rogaba que lo dejaran libre, que él era inocente y que apoyaba a la Revolución.

De pronto Velasco, que no había participado en la discusión y que se había mantenido a la expectativa, gritó:

—Es culpable.

Todos se volvieron hacia él.

—Culpable ¿por qué? —preguntó Villa.

—Es culpable en virtud de que viola diversos artículos de la Constitución de 1821, entre ellos los de colonización extemporánea de territorios enajenados a los pretéritos dominadores de la nación, corrupción y degradación de la mercancía idiomática, ideológica y cultural de la región de Anáhuac y por su exhortación hacia símbolos perniciosos de carácter imperial y sojuzgador.

Villa y Zapata y todos se quedaron atónitos. Villa en voz baja le dijo:

—No entiendo ni madre.

—No se preocupe, de eso se trata.

El español, que se había quedado con la boca abierta, trató de defenderse:

—Jolines, que este baturro ha dicho puras sandeces.

—Me da usted la razón: al utilizar ese lenguaje incomprensible para los mexicanos acaba de violar la ley de mantenimiento y garantía de la expresión popular mesoamericana y ha fomentado a su vez la degradación lingüística en nuestra patria libre.

—Usted no sabe nada... imbécil y pendejo, como dicen ustedes —rugió el español.

—Para su conocimiento —retó Velasco—, no sólo soy coronel de este honroso ejército revolucionario, sino que también soy licenciado en Derecho por la Universidad de México, título que me otorga la facultad de decisión legal. Reafirmo mi posición: usted es culpable.

El español hizo esfuerzos inútiles por defenderse. Los argumentos de Velasco, a la vista de los generales, eran imponderables y exactos. Se le condenó a muerte.

No fue fácil cumplir con la sentencia. El asturiano soltó una cantidad impresionante de patadas, manotazos, mordidas, pellizcos, codazos. Tenía una fuerza terrible. Gritó, blasfemó, insultó y con todo no pudo evitar que su testa fuese desprendida del resto de su cuerpo.

ESCUADRÓN GUILLOTINA

Zapata se maravilló con la demostración, incluso solicitó que se hiciesen muchas más, pero en vista de la hora —iba ya a anochecer— y de que no había tiempo para buscar más prisioneros y hacerles juicio militar, las demostraciones se postergaron para el día siguiente, cuando en el Zócalo se ejecutara a los carrancistas traidores.

Se despidieron el general Villa y el general Zapata con un abrazo.

—Lo espero para mañana, no vaya a faltar.

—No pierda cuidado que ahí estaré —replicó el otro.

El Caudillo del Sur se despidió también con un abrazo de Velasco y lo felicitó por su invento y por la disciplina y el orden que había presentado su escuadrón.

Villa, a un lado, como padre orgulloso, gozaba las alabanzas dirigidas al coronel tanto como si las estuviera diciendo a él. Se subieron los villistas al tren y partieron.

Arriba del ferrocarril, ya instalados en el carro del general, Villa y Velasco brindaron con limonada por el éxito obtenido.

Es extraño pero tal parece que en los seres humanos el acto de más profunda conciencia aparece precisamente en el momento de mayor inconsciencia: el sueño. Las circunstancias se presentan de forma tan abrumadora que cuando han pasado ante nosotros apenas vislumbramos su significado. Pero en el sueño, al frenesí de la realidad se le puede diseccionar, desglosar, entender: se le domestica. Así en el interior nuestro la realidad adquiere la dimensión que verdaderamente queremos o podemos darle. La sabia y antigua conseja de consultar con la almohada se fundamenta en esto: soñando los hechos adquieren su sentido más certero.

Feliciano de alguna manera lo intuía y por ello se obstinaba en tratar de no soñar. No quería abrirse a la verdad del mundo onírico: le daba miedo. Los últimos meses los había vivido bajo el arrastre ineluctable de las circunstancias y, a pesar de todos los avatares, la suerte le favorecía. Se había dejado llevar por un aparente desorden, por un caos que hilaba sin coherencia un conjunto de acontecimientos afortunados que, sin embargo, lo alejaban de su destino, al menos del destino al cual él se creía señalado. Si soñaba, él estaba seguro de que se impondría en su fuero interno el añejo orden, cuyas reglas ya habían organizado su existencia hacia un punto determinado. Ahora, en ruta desconocida, Feliciano andaba a ciegas y por ello sabía que, si soñaba, un conjunto terrible de pesadillas lo haría sentirse culpable por haber abandonado el camino trazado en aras de satisfacer su vanidad.

En las noches, antes de acostarse, Velasco se preparaba mentalmente para no soñar. Tomaba varios litros de agua para verse en la necesidad de interrumpir su descanso para ir a orinar. No usaba cobijas para que el frío lo despertara a media noche y si hacía calor se acostaba con un abrigo de lana para que el sudor quemante lo intranquilizara y le impidiera soñar.

A pesar de sus esfuerzos, la noche anterior a las ejecuciones, Velasco soñó. Fue una pesadilla breve, pero que lo angustió y lo hizo despertarse sobresaltado, tembloroso. Soñó que al ir a caballo por un lugar desierto se encontraba con un anciano sentado encima de una piedra. El anciano sonriente le saludaba y a él le molestaba el saludo, lo consideraba una falta de respeto. Entonces tomaba al viejo por los cabellos y lo arrastraba varios kilómetros hasta llegar a la guillotina. El pobre hombre, llorando, le pedía que lo soltara porque él era él, Velasco. Entonces Feliciano, enfurecido por la mentira del anciano, lo decapitaba con la guillotina. Al rodar la cabeza por el suelo Velasco se daba cuenta que era su propia cabeza la que rodaba y entonces corría tras de ella para detenerla, pero la cabeza avanzaba cada vez más rápido y más y más y Feliciano corría desesperado reventando sus pulmones. Por fin las piernas le flaqueaban y caía rendido, mirando a lo lejos cómo su cabeza desaparecía en el horizonte.

El sueño turbó el ánimo de Velasco. Recordó que ése era el gran día, el reencuentro con la gloria, el paso definitivo a los anales de la Historia y trató de olvidar lo que había soñado. No lo logró.

La noticia del ajusticiamiento de los carrancistas en el Zócalo provocó en la ciudad una gran movilización. De boca en boca corrió el rumor de que al mediodía se iba a ejecutar a seis carranclanes. Desde temprana hora la gente salió de sus casas para tratar de ganar un buen sitio para presenciar de cerca el evento. En todas las calles que confluían al centro de la Capital se formaban ríos humanos. Los comerciantes hicieron su agosto, ya que muchas personas en el trayecto se detenían a comprar algo: una sombrilla para el sol, prismáticos para desde lejos no perder detalle, sillas, sombreros, matracas, baleros, revistas de modas, vinos importados, quesos, jamón.

En el campamento villista se presentaba una inaudita algarabía. Los norteños celebraban desaforados el rito de sangre que en pocas horas les tocaría atestiguar. El general Villa, inusitadamente nervioso, esperaba intranquilo el momento señalado. El «Escuadrón Guillotina de Torreón» ensayaba una y otra vez las formaciones a realizar durante las ejecuciones. El capitán Álvarez, perfeccionista en alto grado, hacía que sus hombres practicaran hasta el cansancio cada uno de los movimientos. El coronel Velasco, aprensivo, se había encerrado en su carro, solo, depositando en Álvarez la responsabilidad de los preparativos. Tocaron a la puerta. Velasco abrió malhumorado: era el soldado Cabeza de Vaca quien llamaba.

—Mi coronel, lo busca un comerciante, un tipo catrín que insiste en verlo.

—Dile que no estoy para recibir a nadie —le dijo Velasco.

—Ya se lo dije cien veces mi coronel, pero está necio en que quiere verlo. Dice que trae algo muy importante que enseñarle y que a usted le va a interesar.

El coronel Velasco se quedó pensativo unos instantes y con la mirada le ordenó a Cabeza de Vaca que trajera al comerciante.

Se fue a buscarlo el soldado y regresó a los pocos minutos. Venía con él un hombre chaparro, calvo y regordete.

—Buenas tardes coronel —dijo el hombre— permítame presentarme, soy el doctor Feliberto Velázquez y me confieso devoto admirador suyo.

El coronel miró con recelo al vendedor.

—¿Qué lo trae por acá?

—Si me permite pasar coronel le puedo explicar con mayor detenimiento el objeto de mi visita.

Velasco le pidió a Cabeza de Vaca que se retirara. Quedó a solas con aquel hombre. Le hizo pasar y le ofreció un trago.

—No, gracias, no acostumbro tomar —respondió el comerciante al ofrecimiento.

—Me da gusto, es usted de los míos amiguito.

Velasco se sentó en una mecedora, miró largo rato a través del cristal, como si en el horizonte se encontrara algo que él buscaba. Después de unos minutos se volvió hacia su interlocutor.

—¿Qué desea?

El chaparrito, al cual Velasco no había invitado a tomar asiento y se la había pasado de pie, empezó a caminar en círculos, moviendo las manos, sin decir palabra alguna. Velasco, atento, observaba cada uno de sus movimientos. De pronto el doctor se detuvo y empezó a perorar.

—Coronel Velasco, le he confesado mi admiración porque considero que usted ha tenido una de las más brillantes ideas creadoras de este siglo... Me refiero por supuesto a ese aparato maravilloso que es la guillotina... Claro, se sabe que usted no fue quien originalmente la creó, pero es un hecho indiscutible que fue usted quien la mejoró, la perfeccionó y la hizo más eficaz... Y no sólo eso, sino que la llevó hasta la Revolución como símbolo de la justicia social.

Feliciano puso cara de «importante». Los halagos del doctor Velázquez lo envanecían. El comerciante continuó con su desfile de elogios:

—Usted es un hombre de iniciativa, un progresista, un visionario. Tiene un talento portentoso, un dominio de la imaginación...

Velasco empezó a sospechar de tanta zalamería.

—Bueno, bueno —interrumpió Feliciano—, basta de tantas lisonjas y mejor dígame a qué ha venido.

—Coronel, no lo tome a mal, pero la pura verdad es que usted es un genio y si lo he recalcado es para hacerle saber que su invento ha sido fuente de inspiración para un producto que yo mismo he diseñado y construido.

Velasco se mostró curioso.

—¿Un producto inspirado en la guillotina?

—Sí señor... perdón coronel. Si me permite me gustaría demostrárselo, claro está, si usted no dispone de otra cosa.

—No... no, veamos pues.

El doctor Velázquez abrió un maletín que traía consigo. Con delicadeza sacó un paquete, lo desenvolvió y lo puso sobre la mesa, era una guillotina en miniatura. El comerciante sonrió.

—¿Qué es eso? —preguntó Feliciano con sorpresa.

—Ahhh... un momentito... permítame.

El doctor siguió esculcando entre su maletín. Sacó una pequeña jaula, en el interior venía una rata. El comerciante puso un pedazo de queso en la guillotina y la metió en la jaula. La rata husmeó el alimento y después de olisquearlo le soltó una mordida, arrancando con ello un pedazo de hilo. La cuchilla se desprendió de su lugar y cortó limpiamente la cabeza del roedor.

El comerciante sonrió satisfecho de su demostración, pero al volverse hacia Velasco notó en éste una mirada fulminante.

—¿Qué demonios es eso?

—Un gran producto, imagínese su eficacia en el control de esta plaga.

Los ojos de Feliciano escupían fuego.

—Señor —rugió— éste es un insulto, profana usted vulgarmente mi creación.

—No coronel, no lo tome así, véalo desde el lado positivo, podemos eliminar todas las ratas y ratones del mundo... Es una gran idea...

La pura mirada de Velasco acalló las palabras del doctor. El coronel caminó hasta la puerta y la abrió. El comerciante esperaba que lo echaran de ahí con una patada en el trasero, pero no, Velasco empezó a llamar a sus hombres: Álvarez, Gutiérrez, Derbez, Wong, que de inmediato respondieron al llamado.

—A sus órdenes mi coronel —dijo Álvarez.

—Capitán Álvarez —bramó Velasco—, fusile de inmediato a este... a este... insolente.

El doctor, atónito, trató de persuadir al coronel de que se retractara en su orden.

—Pero coronel, si no he hecho nada malo.

—Fusílenlo ya —gritó Feliciano.

—¿No prefiere la guillotina mi coronel? —preguntó el soldado Derbez.

—No —dijo Velasco con furia—. Pásenlo por las armas en este mismo momento.

—Por favor, no se enoje coronel, no era mi intención molestarlo, perdóneme —suplicaba el comerciante.

—¿Qué esperan? —chilló Velasco al ver la inmovilidad de los de su escuadrón.

—¿Bajo qué cargo mi coronel? —preguntó Álvarez por la erguménica actitud de su jefe.

—Por el que quieras, pero lo quiero muerto ¡ya!

Los miembros del escuadrón se llevaron a rastras al pobre hombre que lloraba con gemidos femeninos. En menos de un minuto se escucharon las detonaciones. Encolerizado Velasco quemó la réplica de la guillotina y arrojó por la ventana las pertenencias del doctor Feliberto Velázquez.

Los nervios de Feliciano se alteraron en demasía. Entre la pesadilla que soñó y el mal rato que le había hecho pasar su burdo imitador (aunque claro está que el doctor Velázquez tuvo peor rato) su temple se quebró. Sintió que ambos incidentes eran el preludio de tiempos malos, aun cuando ese día era el de su consagración.

Salió de su carro. Como de costumbre su escuadrón lo esperaba en formación. El capitán Álvarez dio dos pasos al frente.

—Coronel Velasco me permito reportarle que sus órdenes han sido cumplidas y que el reo ha sido fusilado.

—Bien hecho capitán.

—Asimismo le informo que ya están listos los elementos para partir hacia la Ciudad de México.

—Correcto capitán, saldremos de aquí en una hora. Por el momento espere mis órdenes. Voy a conferenciar con el general Villa.

Dejó Velasco a sus hombres y se dirigió al despacho del general. De nuevo se topó con Teodomiro Ortiz que, al igual que la ocasión anterior, lo saludó efusivamente. Ortiz anunció a Velasco y el coronel entró al vagón de Villa. El general, impaciente, caminaba sin parar a lo largo y ancho de la habitación.

—Buenos días.

—Buenos días coronel, qué bueno que vino, ¿gusta sentarse?

—No mi general, estoy bien así —contestó Velasco prudentemente, adivinando que su superior no tenía intenciones de sentarse.

Villa parecía preocupado, como si una idea le molestara y no pudiera sacársela de la cabeza.

—Lo noto nervioso general, ¿hay algo que pueda hacer por usted?

Villa, a quien no le gustaba que le insinuasen siquiera la más mínima debilidad de carácter en su persona, respondió molesto:

—No estoy nervioso... Yo nunca he estado nervioso... Lo único que tengo es que me siento raro.

—¿Por las ejecuciones de hoy?

—Por eso y por muchas cosas más. No me gusta estar en la capital.

—Pero es que el hecho de que usted esté aquí significa que ya domina la nación entera.

—Por eso no me gusta estar aquí, como que siento que ya se me acabó el quehacer y a mí me agrada estar movido, no estar así de oquis sin hacer nada.

—Pero aún le falta mucho por hacer general.

—Sí pero eso que falta a mí me aburre. No me late eso de estar sentado dictando leyes y firmando documentos, ni tampoco estar metido con los del gabinete discutiendo todo el día puras pendejadas. A mí me gusta la acción, por eso y que ojalá los muertitos de hoy le piquen la cresta al barbas de chivo y se venga acá a pelear.

—Para qué general si usted ya tiene el poder.

—No coronel, qué va... el poder parece que lo tiene uno pero es como el amor de las mujeres, muy engañoso, un día se tiene y al otro no...

Villa detuvo sus palabras de golpe, como si en su mente llegaran nuevos torrentes de imágenes que le impidieran hablar. Después de un rato continuó:

—Para mañana coronel vamos a desfilar junto con las tropas de Zapata. Verá usted que vamos a llenar completito el Paseo de la Reforma. Después me iré a Palacio Nacional y me sentaré en la silla presidencial. Haré que me tomen muchas fotos. La gente dirá: «qué chingón es Pancho Villa» y yo lo sé, que soy bien chingón ¿y después qué?

Feliciano se quedó meditando unos instantes su respuesta, conocía bien al general y sabía que a éste no le parecía que le respondiesen cualquier cosa.

—Pues seguirá combatiendo —contestó Velasco.

—Pues sí, mi amigo, eso es exactamente lo que voy a hacer. Está en mí combatir toda mi vida, ése es mi destino, para esto estoy yo en este mundo, por eso, el día en que yo ya no pueda luchar voy a morirme o me voy a dejar matar.

Las palabras de Villa le recordaron a Velasco su sueño. Villa sabía su destino y lo había seguido hasta el final. Velasco había traicionado al suyo. Entró Teodomiro Ortiz.

—Mi general, todo listo.

El general Francisco Villa ordenó que sólo dos mil hombres los acompañaran a presenciar las ejecuciones en el Zócalo, puesto que deseaba mostrar a su ejército entero al día siguiente al desfilar, junto con las huestes zapatistas, por todo lo largo del Paseo de la Reforma. La columna iba precedida por el Centauro del Norte y el coronel Feliciano Velasco, escoltados ambos por los miembros del «Escuadrón Guillotina de Torreón». La multitud, que esperaba su paso, no atinaba si aplaudir o guardar silencio. La presencia de Villa en el centro de la capital provocaba emociones encontradas. Nadie sabía qué hacer frente al impredecible y atrabiliario carácter de Villa y la sangrienta fama de sus hombres, al mismo tiempo que se le reconocía su talento militar y sus preocupaciones sociales. En los rostros la expresión de la duda era manifiesta. No era una recepción como las que acostumbraba encontrarse Villa en otros lugares, ni tenía el fondo alegre de la bienvenida en Tacuba. Esta acogida era un tanto silenciosa, un tanto ruidosa, un tanto festiva, un tanto temerosa. Los revolucionarios se desconcertaron: no sabían si tomar el asunto como un agravio o como un homenaje.

Llegó la columna hasta la plaza central de la nación. Ahí los aguardaban ya los zapatistas, también en número reducido, no más de tres mil, pues los demás estaban ocupados en vigilar las posiciones tomadas, como el Palacio Nacional o el edificio de la Aduana. En cuanto a civiles, de estos había decenas, tantos que habían llenado a reventar el Zócalo (se calculó entonces una asistencia de ciento cincuenta mil personas) en espera de que se llevara a cabo la comedia de la muerte, la representación de las venganzas.

Atados de manos, a pie, caminaban en medio de la columna los seis condenados a muerte, enterados ellos del proceso de su ejecución. Sus vigilantes se lo repitieron una y mil veces: «Te van a descabezar, pinche carranclán, de ti sólo va a quedar el puro lomito». Por eso uno de los presos, al llegar al cadalso y verse rodeado de un infinito mar de miradas morbosas, se desmayó. Uno de sus compañeros, al ver la debilidad de su amigo y sintiéndose traicionado, lo pateó rabioso en la cara.

Villa y Zapata se saludaron de nuevo con un abrazo, como verdaderos camaradas. Los estilos de ambos, a pesar de luchar por causas un tanto cuanto comunes, eran diametralmente opuestos. Zapata, callado y meditabundo, serio y de pocas palabras. Villa, inquieto y hablador, ojos con filo y mirada astuta. Sin embargo, juntos no chocaban, parecían las dos partes de una sola. Personalidades que se equilibraban y brindaban sensación de conjunto.

Ambos generales tomaron asiento en un estrado especialmente construido para la ocasión. No quisieron presenciarlo desde el balcón presidencial por considerar que en esos momentos convenía más el contacto directo con el pueblo, que los capitalinos los sintieran de cerca, percibieran su fuerza y su poder. Que quienes los habían visto en el cine supieran que ellos eran de carne y hueso.

El escuadrón llevó a cabo los movimientos previstos y ensayados. Con gran pompa y estilo montaron el templete y con suave elegancia depositaron en el mismo a la guillotina. La gente exclamó ¡Ohhh! cuando se probó la caída de la cuchilla y cortó con facilidad un montón de libros superpuestos. Villa feliz aplaudió la maniobra y Zapata la aprobó con gesto amable.

El coronel Velasco daba las instrucciones pertinentes para la gran ocasión, pero se sentía mal. No se le quitaba de encima la imagen de sí mismo corriendo tras su cabeza, y al ver a sus víctimas las imaginó como la rata que había visto decapitar. Por primera vez en su vida sintió lástima de los condenados. Al verlos, con su cuerpo desguanzado, su rostro lívido, su temblor imperceptible, sus ojos bovinos, su voz entrecortada, sus lágrimas contenidas, su falso valor ante la presencia de la misma muerte, se compadeció de ellos. Los ciento cincuenta mil pares de ojos que testimoniaban la ejecución fijaron su mirada en James López, quien se encargó de abrir el evento. López, inglés de origen, proveniente de Yorkshire y avecindado en Pachuca y que castellanizó su apellido *The fish*, hizo alusiones a la grandeza de los dos generales que presidían el acto. Los llamó paladines del cambio, pilares de la libertad y guerreros nobles de la nación. Los dos líderes se sonrojaron, más Zapata que Villa, y agradecieron los elogios con ademanes discretos. James resaltó las virtudes morales de los ejércitos revolucionarios y su imperativa necesidad de imponer en el país justicia. Después atacó a Carranza, lo llamó político ávido de poder, comodín oportunista, porfirista alevoso y muchas cosas más (muy feas por cierto). Terminó alabando al coronel Velasco, lo nombró catalizador de la creación humana, imaginación desbordada, espíritu justiciero impregnado de los valores de la Revolución, furibundo defensor de las causas populares, etcétera (los mismos epítetos que años más tarde —y hasta la fecha— reciben políticos aburguesados que ostentan membretes de revolucionarios). Velasco, a pedido de López, recibió una cantidad atronadora de aplausos. Todos los presentes lo vitorearon (más por inercia que por convencimiento, ya que sólo escuchaban a James los de mero enfrente). Feliciano se puso de pie y agradeció emocionado haciendo caravanas y mandando besos (como la Condesa, de ella había copiado el numerito). Sin embargo Velasco seguía sintiéndose mal, presa de un malestar profundo e inexplicable. Una náusea machacosa lo envolvía y un sabor amargo y recurrente le quemaba la boca. Mantuvo la serenidad y con sonrisa impuesta al rostro, se sentó.

Al terminar López su alocución, en su calidad de *Chief of the Public Relations Office,* fue a saludar a los generales y después fue a darle la mano a cada uno de los que estaban presentes en el Zócalo. Subió al templete don Pablo Gutiérrez como maestro de ceremonias. Habló poco y en su discurso explicó el procedimiento a seguir: iban a subir los presos, se les pediría un último deseo, si podían se lo cumplían (algo así como fumar un último cigarrillo o escribir una carta póstuma a la esposa o tomar un vaso de vino; nada de satisfacer últimos orgasmos o poder escupirle en la cara a Villa), se les arrodillaría y se les cercenaría la cabeza.

Al finalizar Gutiérrez el capitán Álvarez llamó a formación. Los miembros del escuadrón se alinearon en dos filas. El coronel Velasco llamó a Villa y a Zapata y junto con ellos pasó revista a sus subordinados. Éstos, impecablemente vestidos, y en perfecta posición de firmes, no ocasionaron ningún desaguisado a su jefe.

La catedral imponía su vistosa arquitectura contra el cielo límpido y claro del Valle de México. Adentro, desde su púlpito, el obispo, frente a un grupo reducido de mujeres devotas, condenaba el asesinato que frente a la casa de Dios se iba a cometer (lo hubiera hecho en la Alameda, hombre —había replicado el obispo unas horas antes a unos villistas— que aquí nada más vienen a quitar cartel). El obispo clamaba que se detuviera tan ruin acción, pero no logró su objetivo, porque en el instante mismo en que alzaba sus plegarias en la plaza, Fiordo y Mecedonio tomaban de los brazos al primer prisionero y lo conducían rumbo al mortal instrumento, en tanto que Velasco, de pie junto a su creación, fungía como verdugo oficial. A su lado el soldado Wong, armado de su canastita de mimbre, esperaba ansioso su turno para realizar su labor.

La apoteosis. Las seis ejecuciones fueron las más perfectas jamás realizadas en la historia de la humanidad (Villa se lamentaría de que en esa ocasión no estuvieran filmando los camarógrafos de la *Mutual,* que con esas imágenes lo hubiesen consagrado). Todo salió a pedir de boca. No hubo necesidad de jalonearse con los reos, ni de obligarlos a arrodillarse: actuaron con mansa dignidad. El chino Wong realizó la pizca de las cabezas con gracia oriental. La guardia de honor se comportó como nunca, sin perder la posición de firmes que Álvarez les había encomendado y resistiendo estoicamente los rayos solares. James López saludó personalmente a los ciento cincuenta mil visitantes y los convenció de las ventajas revolucionarias de la guillotina. Pablo Gutiérrez condujo el evento con maestría sin igual. El general Villa y el general Zapata, extasiados, gozaron enormidades las ejecuciones. Indalecio mantuvo en su punto los mecanismos de la polea, engrasándolos con cuidado después de cada ejecución. La gente, callada en un principio, festejó ruidosamente cada una de las vicisitudes que sufrían los condenados y, al finalizar todo, cargó en hombros a Velasco, y lo llevaron así por varias calles (hubo quien propuso que se le otorgaran las orejas, pero a la mayoría la idea les pareció de mal gusto). Feliciano disfrutó de aquellos instantes de gloria que le hicieron olvidar efímeramente sus aprensiones. Repartió autógrafos a todo aquel que se lo solicitaba, se dejó fotografiar (una foto para mi nietecito; otra para mi comadre que tanto lo admira), besó a las artistas de la compañía de zarzuela (lo que había deseado intensamente desde adolescente), fue felicitado por toreros (los mejores de la época), embajadores (menos el de Estados Unidos), amas de casa, poetas (le compusieron un verso que se tituló: *Oda al rey del Zócalo)*, campesinos, obreros. Desde lejos la gente lo reconocía y exclamaba: «Ahí viene el coronel Velasco, vamos a verlo pronto». Y lo rodeaban su admiradores con cariño. El paraíso absoluto vivió Feliciano y se dejó embriagar por las delicias de la fama.

El general Villa se sentía particularmente contento. Lo que había realizado el escuadrón de la guillotina no tenía nombre. Había sido la más palpable consolidación de su imagen, el acto más revolucionario de cuantos había llevado a cabo. Por eso, en compañía del general Zapata se lanzó a buscar a Velasco, algo desusado en el norteño que no acostumbraba buscar a nadie (también fue desusado que el sureño acompañara a buscar al que nunca busca). Lo encontró Villa en la Alameda cercado materialmente por la muchedumbre (sobre todo por mujeres que hallaron muy *sexy* al chaparrito). A la llegada de los generales la gente les abrió el paso, respetando la presencia de los dos grandes. Villa llegó hasta Velasco y lo abrazó con fuerza. Zapata hizo lo mismo. La multitud aplaudió el gesto.

Villa ordenó al grupo de dorados que lo escoltaban que desalojaran el parque: quería dialogar a solas con Feliciano y Zapata. En un momentito la Alameda quedó vacía.

—Lo felicito coronel —dijo Villa— fue un gran acontecimiento.

—Pienso igual —manifestó Zapata.

—Muchas gracias —contestó Velasco un poco apenado por los elogios.

—He platicado mucho con el general Zapata sobre este asunto de la guillotina y me ha dicho que tiene interés en hablarlo con usted coronel.

—Lo que gusten generales, estoy a su completa disposición.

—Pues mire coronel, a mí y a mis hombres nos gustó grandemente el aparato cortachoyas y la mera verdad, quiero unos tres para mi ejército.

—¿Para qué tantos? —preguntó Velasco.

—Pues para llevar a cabo muchas ejecuciones juntas, así como las hace su aparato se ve muy vistoso y ayuda en demasía a apresurar los logros de la Revolución.

—Pero tardan un poco en construirse, usted sabe, están fabricadas en madera de nogal, con hierro forjado, poleas holandesas...

—Ya párele —interrumpió Villa—, el general Zapata no tiene inconveniente alguno en la tardanza, lo que desea es la promesa de que se las va a fabricar lo más pronto posible.

—Tiene usted mi promesa —manifestó Velasco—. En un mes le tengo las tres guillotinas.

—Me alegra su disposición coronel, desde que lo conocí yo me dije, este pelón no es culero.

—Sería lo último mi general.

—Bueno estimado general Zapata —prorrumpió Villa frotándose las manos—, ha oído usted de viva voz el compromiso del coronel Velasco, ahora, si no le parece inadecuado discutirlo ¿en un mes qué vamos a recibir nosotros?

—Usted sabe general Francisco Villa que los hombres del pueblo somos cumplidores y no echamos para atrás la mula. Ya que nosotros vamos a tener nuestras maquinitas, yo me apalabro a favorecerle con la entrega de quinientos fusiles y una dotación de cien mil cartuchos. ¿Le parece el negocito? —replicó Zapata.

—Me parece —contestó Villa—. Se sella pues este pacto de hombre a hombre. ¿Estamos?

—Estamos —confirmó Zapata.

Salieron los tres del parque en medio de exclamaciones populares de júbilo.

La sensación que sobreviene cuando algo se nos pierde es una de las más fuertes a las que es sometido el ser humano y es que dicha sensación tiene un fuerte parentesco con la muerte; es, por así decirlo, su manifestación cotidiana. Claro, hay pérdidas que nos causan mayor desazón que otras, pero ésa es una cuestión de intensidad, mas no de esencia, porque en el fondo todo se reduce a unos cuantos sentimientos comunes: frustración, desaliento, desorientación, impotencia, nostalgia. Cuando perdemos un objeto valioso, una joya, un anillo, un reloj, nos da coraje, rabia, frustración; cuando se muere un ser querido, nos da tristeza, nos sentimos impotentes; cuando nos abandona una persona que amamos, nos deprimimos, nos embarga el desaliento; cuando se aleja en el tiempo una emoción, caemos presa de la nostalgia; cuando se nos extravían las ideas propias, nos sumimos en el mar de las contradicciones, nos desorientamos. No hay, sin embargo, sentimiento más trágico, en toda la extensión de la palabra, que perder el destino al cual cree uno estar destinado. Es cuando se sintetizan violentamente todas las emociones que conllevan en sí las pérdidas. No tiene esto nada que ver con haber cumplido las metas trazadas, no. Se fundamenta este hecho en la profunda convicción de que uno tiene una razón de ser que se tiene la obligación de cumplir, de sujetarse a ella, y que no hacerlo causa la impresión de naufragio.

Perder la capacidad de voluntad frente al propio destino es sumergirse en la tragedia, es someterse a las reglas de lo incidental, a la manifestación pura de la victoria de las circunstancias. Se percibe uno mismo como un títere. El perder ese «algo» llamado destino provoca una situación insoportable. Por ello, aun cuando el día cinco de diciembre de 1914 significó para Feliciano la jornada de su máxima gloria, la culminación de sus esfuerzos, el camino a la Historia, al llegar la noche se sintió desalentado, frustrado, desorientado, impotente, nostálgico. La euforia jubilosa no lo podía engañar, se lo había dicho con claridad su sueño: había perdido la cabeza —su destino— y aunque corriera cuanto quisiera detrás de ella nunca lo alcanzaría. La noche, con su silencio atroz y su oscuridad cegadora, le agudizaron la turbación que le corroía su alma y que se negaba a abandonarlo.

Amaneció. Desde temprano las tropas villistas se alistaron para el gran desfile. Junto a las huestes zapatistas recorrerían orgullosas el Paseo de la Reforma. Ya no serían más la División del Norte; ahora eran la columna vertebral del Ejército Convencionista, cuyo general en jefe era nada más y nada menos que Pancho Villa.

A las siete y media de la mañana partió el ejército con rumbo a la Ciudad de México. A su paso eran aclamados y vitoreados. Se reunieron con los sureños y a las diez iniciaron su recorrido. El desfile duró hasta las cuatro y media de la tarde. Los enemigos del Ejército Convencionista arguyeron que Villa y Zapata habían dispuesto que sus hombres desfilaran hasta tres veces, pero ello fue mentira: el contingente que marchó era tremendamente numeroso, más de cincuenta mil hombres. Con la manifestación Villa y Zapata mandaron un mensaje a sus adversarios: ellos eran la fuerza. El grupo más aplaudido fue el del «Escuadrón Guillotina de Torreón». La gente los saludaba con serpentinas y confeti. A su paso Velasco provocaba un furioso batir de palmas. A pesar de su corta estatura y su escaso cabello, Feliciano poseía esa extraña cualidad que se llama carisma. Un niño se le acercó y le entregó un dibujo infantil en donde aparecía la figura de la guillotina, enmarcada por Feliciano (bueno, un monigote pintarrajeado que arriba decía coronel Velasco) y el cura Hidalgo (ése había sido recortado de un libro escolar). Abajo una leyenda: «Próceres de la Patria». Velasco, conmovido, cargó al niño, lo besó en la frente y en gesto de agradecimiento lo montó arriba de un caballo, pero lo tuvo que bajar pronto porque el niño empezó a llorar. La madre corrió hasta su vástago berreante, lo regañó por maleducado, le dio las gracias a Velasco y salió de la línea del desfile.

Muestras de cariño como la antes relatada le fueron ampliamente manifestadas a Feliciano. Él correspondía con saludos francos y palabras entusiastas. Sin embargo, cada paso lo daba con dificultad. Le costaba sostener en su rostro la expresión alegre, cuando en su corazón se debatía una tormenta. El desfile lo torturó.

Al terminar la marcha, Villa y Zapata se dirigieron a Palacio Nacional a festejar. Al llegar a la silla presidencial Villa se sentó en ella y le ofreció gustoso a Velasco el sillón que se encontraba a su diestra, pues el de la siniestra ya lo ocupaba Zapata. Feliciano declinó amablemente y se escabulló entre los presentes, eludiendo las cámaras de cine y los fotógrafos.

Salió a la calle. En las puertas de Palacio la gente se arremolinaba tratando de entrar, de salir en la foto (que como sea era estar un poco en la Historia).

Feliciano se lanzó a deambular por el centro de la ciudad. Cada esquina, cada rincón, le evocaba algo, le traía recuerdos y lo remitía inevitablemente a su destino perdido.

Los días siguientes los dedicó Villa a diversas ceremonias públicas, entre ellas las de nombrar a la calle de Plateros como la calle Francisco I. Madero. Pronunció un discurso ante la tumba del mismo Madero en el panteón Francés y al terminar rompió en llanto. Asimismo aprovechó la ocasión para enamorar a todo tipo de mujeres, dar banquetes en lujosos restaurantes y gozar de la vida. Sus hombres imitaron su ejemplo e hicieron de cada día una fiesta.

Los únicos que siguieron trabajando concienzudamente fueron los miembros del «Escuadrón Guillotina de Torreón», en particular su jefe militar, el coronel Velasco. Feliciano, ante el compromiso adquirido con el general Zapata, trabajaba día y noche. Trazaba planos, conseguía materiales, hablaba con los distribuidores, solicitaba la importación de las mercancías necesarias para realizar el proyecto. En los Almacenes Martínez le informaron que las poleas holandesas, indispensables para el buen funcionamiento de la guillotina, ya se habían agotado y que no existía ni una en todo el país; sin embargo pusieron a Velasco en contacto con un comerciante, dueño de una casa distribuidora de productos europeos que tenía su sede en la población de Columbus, Nuevo México, y que se llamaba Rabel Bross Hardware Store. El comerciante, un judío de apellido Rabel, se encontraba por casualidad en la ciudad de México y se entrevistó con Velasco. Le prometió conseguirle lo que buscaba, a muy alto precio y con una condición: se tenían que pagar las poleas por adelantado. Feliciano accedió: el tiempo apremiaba y era difícil conseguir ese material en México. Pagó la cantidad requerida a Rabel y avisó al general Villa del gasto efectuado.

Poco a poco fue Feliciano reuniendo los materiales requeridos. Pensó en nuevos diseños, más elaborados y elegantes. En la madera de nogal que servía como montantes, mandó labrar diversos motivos revolucionarios. El cordón lo tiñó de rojo. En el travesaño colocó jarrones fijos con flores de seda. La cuchilla la mandó a pavonar.

El capitán Álvarez, entusiasta, laboraba gustoso. Daba órdenes precisas de cómo forjar el hierro, de cómo sacar mejor partido en la afilada de las láminas, de cómo limar las asperezas de las guías.

Las guillotinas fabricadas por Velasco, a pesar de su simplicidad, tenían un secreto, mismo que Feliciano no se lo iba a confesar jamás a nadie. La eficacia de las guillotinas por él construidas radicaba en la colocación en ángulo de noventa grados de la polea con respecto al travesaño, pero para lograrlo se necesitaba colocar estratégicamente una serie de tornillos transversales con una distancia exacta de 2,2 centímetros entre ellos. Asimismo, las guías colocadas en los montantes no deberían exceder los seis centímetros de ancho y deberían estar sujetas por clavos de diámetro no mayor de tres milímetros.

Al diseñar sus planos Velasco omitía presentar estos datos y los disfrazaba con números falsos, en clave. Sólo una mente genial, igual a la de él, podría, prescindiendo de estos datos, construir una guillotina de semejante perfección.

El diez de diciembre Villa partió de la ciudad de México con el fin de cumplir con otros menesteres. Dejó a parte de su ejército para defender la capital de posibles ataques carrancistas. Entre los que se quedaron se encontraban Feliciano y su escuadrón. Velasco consideraba que en la gran ciudad podría encontrar más fácilmente los materiales para cumplir con su encargo.

El escuadrón siguió posesionado de los tres carros de ferrocarril que les había asignado Villa. Velasco ordenó que se les dejara estacionados en Tacuba, pues él ya se había acostumbrado a ese lugar. La guillotina la habían colocado enfrente de su habitación y la custodiaban día y noche los hermanos Trujillo, que se turnaban las guardias. Así, a la guillotina se la cuidaba de posibles atentados, como el que sufrió en Zacatecas (aún quedaba en la base, a pesar de los esfuerzos por borrarla, la leyenda «Pedro ama a Letisia»).

Feliciano intentaba más que nunca no volver a soñar. Incluso le había ordenado al soldado Pablo Gutiérrez que lo despertara cada hora. Gutiérrez ignoraba las razones de su jefe, pero se la pasaba en vela, vigilante, sentado junto a Feliciano y despabilándolo puntualmente.

Una noche, la del día trece de diciembre de 1914 para ser exactos, el cansancio derrotó a don Pablo y se quedó súpito en su silla. Eso provocó que Feliciano durmiera más de dos horas seguidas, suficientes para volver a soñar. Soñó de nuevo al anciano sentado en la piedra y cómo su cabeza decapitada rodaba lejos de su alcance. Soñó también con la guillotina, la imaginó derritiéndose lentamente, como si fuese de cera. Abajo miles de ratas enardecidas mordisqueaban las sobras. La pesadilla hizo que Velasco se levantara sobresaltado. Goterones de sudor perlaban su frente y un sabor acre le carcomía el paladar. En la oscuridad divisó a su subordinado completamente dormido. Su primer impulso fue despertarlo a gritos, pero un algo dentro de él lo detuvo. Se deslizó con suavidad en la cama. Se calzó silenciosamente las botas, se puso encima la cazadora y de puntillas, para no despertar a don Pablo, salió del vagón. Los tres Trujillo, que en ese momento custodiaban la guillotina, se cuadraron de inmediato.

—A sus órdenes mi coronel —dijo el mayor.

Velasco no les hizo caso. Contempló rato largo su invento, el cual lo bañaba la luz tenue de la luna. No podía evitar maravillarse cada vez que lo miraba. Era su creación, su logro insuperable. Se dirigió al menor de los Trujillo.

—Soldado hágame el favor de traer un bote con petróleo y unos cerillos.

—En seguidita jefe.

Una vez que el soldado hubo traído lo que le requirió Velasco, éste le ordenó al trío de guardianes que se retiraran: él personalmente se haría cargo de la custodia de la guillotina.

Incrédulos se retiraron los Trujillo. Feliciano se quedó inmóvil, pensativo. Sobre su cabeza soplaba un vientecillo helado. Alzó el cuello de la cazadora para protegerse la nuca del frío. Recordó varias imágenes de su actuación revolucionaria: su llegada al campamento villista en Torreón, la carga de caballería en Saltillo, el incidente en Zacatecas, la noche de pasión y fuego con Belem, su adorada amante que desapareció para siempre entre los mezquites del chaparral. Por un instante sintió Velasco que en su mano zozobraban de nuevo las carnes de la hermosa morena. Suspiró hondo. Alejó de sus pensamientos los recuerdos. Volvió lentamente los ojos hacia la guillotina y la miró con tristeza. Había tomado una decisión que en cierta manera lo iba a reconciliar con su destino. Levantó su cara al cielo.

—Al fin —murmuró.

Caminó hacia la guillotina y con amoroso cuidado la empezó a impregnar con petróleo, como si estuviera untando de aceite el cuerpo de una mujer. Encendió un fósforo y lo acercó. Las llamas se expandieron vertiginosas y en un instante cubrieron por completo el aparato. La madera empezó a arder con furia. El cordón se extinguió rápidamente. Las lenguas de fuego se alzaron impetuosas contra la noche plateada de luna, tiñendo de naranja el telón de la oscuridad.

Pedazo a pedazo se fue desmoronando la estructura. El travesaño se desplomó carbonizado, arrastrando consigo la cuchilla. Las vigas se transformaron en brasas. Los sueños terminaron en cenizas.

Feliciano, impávido, sin emoción alguna en el rostro, observó la destrucción de su obra. El fuego lo devoró todo dejando en el suelo un montón de fierros humeantes. Feliciano se acercó a comprobar la consumación de su acto. Se plantó entre los restos, removió con su bota las brasas. Ya no encontró nada. Dio media vuelta y empezó a caminar con paso vivo hacia la salida. Ni una sola vez volteó su mirada hacia atrás. En los límites del campamento un centinela lo detuvo.

—¿Quién vive?

—El coronel Velasco —contestó Feliciano.

El centinela se cuadró y Feliciano siguió de largo, desvaneciéndose entre las sombras.

Nadie supo más de él.

La noticia de la deserción de Velasco hizo enfurecer a Villa. Desde Guadalajara, donde se encontraba, mandó órdenes de que lo supliera el capitán Álvarez, nombrándolo coronel y jefe del escuadrón. Pedía que se cumpliera el encargo de Zapata y que hicieran dos guillotinas más para él.

Álvarez mandó llamar a reconocidos ingenieros para que lo ayudaran. Entre todos revisaron los planos diseñados por Velasco. Ninguno coincidía en la realidad con los datos proporcionados. Las medidas no ajustaban, la cuchilla no tenía libre juego y se trababa. Las poleas que había prometido el judío Rabel, nunca llegaron (lo que ocasionó severas molestias al general Villa que fue a Columbus a cobrárselas por su cuenta) y hubo necesidad de usar poleas japonesas, aparentemente de mejor calidad. No funcionaron. A pesar de estar bien engrasadas y aceitadas no corrían con suavidad, o se les enredaba el cordón. En ocasiones la cuchilla caía con fuerza, pero se detenía justo en donde debía trozar el pescuezo. Mandaron llamar a especialistas americanos: ninguno pudo hacer nada. Llegó un experto francés, pero la guillotina que construyó parecía un remedo de la de Velasco y no sirvió: a veces cortaba y a veces no.

Los ingenieros y los especialistas se lamentaron de que no existiese más el modelo original para poder copiarlo, incluso analizaron las cenizas en busca de datos, pero fue inútil. Álvarez se daba de topes por no haber puesto más atención a los detalles que tanto cuidaba Velasco a la hora de construir la guillotina. Pasaron los días y Álvarez envió un telegrama a Villa:

General Francisco Villa, Chihuahua, Chih. Domicilio conocido. Estimado general: imposible cumplir encargo, llevóse coronel Velasco datos necesarios para construir guillotina. Espero órdenes.

Coronel Juan Álvarez
México, D. F., a diez de enero de 1915.